颂歌与致敬

漆宇勤 著

新疆青少年出版社
·乌鲁木齐·

图书在版编目（CIP）数据

颂歌与致敬 / 漆宇勤著. -- 乌鲁木齐：新疆青少年出版社，2025. 2. -- ISBN 978-7-5756-0236-5

Ⅰ. I227

中国国家版本馆 CIP 数据核字第 2025UP1355 号

颂歌与致敬

漆宇勤　著

SONGGE YU ZHIJING

出 版 人	马　俊
责任编辑	康日峥
封面设计	龚雅倩
出版发行	新疆青少年出版社有限公司
社　　址	乌鲁木齐市经开区泰山街 608 号
邮　　编	830015
电　　话	0991-8156943（编辑部）
网　　址	http://www.qingshao.net
经　　销	各地新华书店
印　　制	三河市华东印刷有限公司
法律顾问	王冠华 18699089007
开　　本	880mm×1230mm　1/32
印　　张	7
字　　数	104 千字
版　　次	2025 年 2 月第 1 版
印　　次	2025 年 2 月第 1 次印刷
书　　号	ISBN 978-7-5756-0236-5
定　　价	48.00 元

（版权所有，侵权必究）

目录 Contents

第一辑　应时而歌

003　　在古老的大地上写下青春
006　　翻开一本书
008　　停顿 12 秒
010　　砥柱
013　　围剿——贫困
015　　春风吹过塘上村
017　　弹一朵新疆棉
019　　一座城市：向上，向善
021　　重新点亮的灯：6452 盏
023　　追随
024　　苍穹
025　　无垠
026　　载人飞船
028　　征途
029　　我不认识你，但我感谢你
031　　京

颂歌与致敬

032　　　　　　　　　　　　　　　　　　　　国色
033　　　　　　　　　　　　　阳光下流汗的人们睡得最安稳
034　　　　　　　　　　　　　　　　　　烟花组装女工
035　　　　　　　　　　　　　　1898：为中国钢铁工业助产
037　　　　　　　　　　　　　　　　　　　　桥梁
039　　　　　　　　　　　今夜我们讨论光亮与温暖的加速度

第二辑　大美中国

043　　　　　　　　　　　　　　　　　　　　枫桥滋味
044　　　　　　　　　　　　　　　　　　枫桥：温柔的村镇
045　　　　　　　　　　　　　　　　　　　　海口雨后
046　　　　　　　　　　　　　　　　　　　　造字
047　　　　　　　　　　　　　　　　　穿过梁鸿国家湿地公园
048　　　　　　　　　　　　　　　　　　　　在鸿山
049　　　　　　　　　　　　　　　　　　　　向上走
050　　　　　　　　　　　　　　　　　第三次拜访三清山
051　　　　　　　　　　　河北崖只是龙泉60个孩子中普通的一个
052　　　　　　　　　　　　　　　　　　　　龙泉温汤
053　　　　　　　　　　　　　　　　　　有心事的岛屿
054　　　　　　　　　　　　　　　　　　　　求仙记
056　　　　　　　　　　　　　　　　　　　垫江水韵
057　　　　　　　　　　　　　　　　　　　垫江古韵
059　　　　　　　　　　　　　　　　　　　　在黄姚
060　　　　　　　　　　　　　　　　　　　　鲤鱼街

目 录

061	到文成去看水
062	对饮
063	旁白
064	江南一梦在西塘
066	杜鹃
067	草根的西塘
068	嘉善
069	二十四桥西塘夜
071	顺着黄河由南而北穿过商丘
072	我更爱深夜的西湖
073	安定的古发音
075	金银花香里的绥阳
077	鲜花迷醉的呈贡
078	云涌
080	开启
082	走神
084	在横峰，我是冒名的主人
086	横峰笔记
088	有古寺，名东禅
089	蒋巷，蒋巷
090	金色的安义
091	明月与山
092	栖隐
094	读湘东
097	读上栗

颂歌与致敬

100	顺着锦溪漂行
102	铁城七月
104	安澜
106	寻吴
107	微雨微山湖
108	夜宿沂南
109	月光照亮采石矶
110	一座山称量天地
111	曾登衡山
112	汉画
113	月季
114	在医圣祠谒张仲景
115	橘花馥郁
117	在洽湾船形古镇
118	太和龟鳖
119	南丰傩
120	春深问子固
121	青铜印记
122	在黄河的顶端
123	色彩：蓝
124	盐源的花椒
125	源头
126	昆仑
127	格尔木与柴达木
128	七十岁的格尔木

第三辑　华夏四季

131	起诉春天
133	三月到来我的桃花还不开
134	立春是个隐喻
135	为春天定义
136	为春风着迷
137	春天里为着笨拙和羞怯伤神
138	钻木取火
139	发芽的春天
140	构建春天
141	在春天过日子
142	相同的春天
143	没有谁可以写尽人间之美
144	五月
145	端阳
146	腊八
147	绑架
148	秋天将来
149	樱花捧起一条河流
150	秩序
151	铺陈
153	立夏
154	小满
155	芒种
156	夏至

157	小暑
158	大暑
159	等雪，或兴奋的一种
160	冬天里
161	又一次立秋
162	我们只叫她春天
163	惊蛰将至
164	柳色

第四辑　时代旋律

167	我的欢喜还在
168	九月断章
169	贴地飞行
170	茅檐滴雨
171	山村里的环卫工
172	我只写一座小城的沿河所见
173	我是你的少年
174	火种
175	交谈
176	红土地　红土地
177	为延河写一首诗
178	凯丰
180	蘸血为火
182	初心：守望或回归

目 录

185	金刚怒目
186	向前一步
187	比喻
188	铁塔孤独
189	我认识不同的电力人
190	将光明和温暖装满屋子
192	向黑暗深处递送安宁
195	向每一滴汗水和细节致敬
198	画卷
200	阳光下我们歌唱
204	窑洞前的印证
206	霹雳一声暴动
208	山口岩：一匹白马见证硝烟
210	从这里上井冈
212	从井冈山到延安
213	追梦新时代

第一辑　应时而歌

——向每一个主旋律的主题表达敬意

是命题之作更是命定之作
适逢其会便在每一个主题里起舞弄清影

在古老的大地上写下青春

将青春写在大地上的人
春天里争分夺秒不误农时
新农人的新既在年龄
更在剪枝施肥品种选育的新高度
这是新的创业史,也是新的山乡巨变
乡村振兴的号角里有人冲锋有人坚守
回归乡村的年轻人立下誓言改变家乡
他们熟稔于种养和经营
同样熟稔于科技与经济
汗水浇灌果树与蔬菜,也滋养家畜和家禽
这土里刨金的青春与父辈已有太多不同
还有更多,年轻的博士来到乡村
在土地肥沃的最基层发芽扎根
留下被大地盖戳的科研论文
更留下乡镇挂职博士的名姓被村民长久念叨

将青春写在工厂里的人
春天里争分夺秒不舍昼夜
工业园里有流水线上的青春
以自豪的勤劳供养家人一日三餐

也有年轻的创业者
在工厂的穹顶下书写梦想和激情
他们从田地里起身或从校园里转身进入工厂
如果流水线上生产风力发电机的叶片
便用翅膀向虚空里借风让机器的澎湃在远方滋长
为碳中和描摹少年般的青云之志
也为赣西乡村里进厂务工的年轻人书写小小的骄傲
还有更多,熟稔于摄像模组显示模组触控模组的青春
在自己的工位上倾听世界、记录世界也展示世界
而制作 PCB 的年轻人,仿佛借助印制电路板
正在刻下自己遍布世间的足迹

将青春写在机关里的人
写在白色大褂上的人
写在教学讲台、科研平台上的人
春天里争分夺秒不分工休
抚平内心的躁动,澄澈于奔涌的时代
既在任劳,也能任怨
将青春写在空旷处的人
春天里争分夺秒不停前行
他们是自由职业者,是个体创业者
是新业态的电子商务弄潮儿
在自由的天空下像拓荒的人不断开拓……
这所有的青春,最终都写在祖国的大地上
写在全新的时代,奋进的时代

这所有的努力,都是为着古老民族的闪光
为着血脉基因里复兴的荣光你我不曾缺席

那宏大的梦想岁月悠久却又正年轻
这伟大的国度沧桑灿烂却又正青春
葳蕤又蓬勃的五月天,葳蕤又蓬勃的新时代
晨练时在厚重土地上扎稳马步的人虽不举拳
却在心里暗念:正青春,圆梦有我
正青春,奋斗有我!
这内心的念诵如此整齐又如此铿锵
仿佛高处的洪钟覆盖初夏的小城
在看不见的空气里形成持久的共振

翻开一本书

——纪念中国人民抗日战争暨世界反法西斯战争胜利 70 周年

如果我们翻开一本书
或纪念馆发黄的记忆
一些词语带着灰尘
艰涩地滑过喉咙
战争、灾难,和正义
对于生命来说,胜利与失败同样是一种残酷
回忆或怀念,只有死亡和苦痛
在这个特殊的时间
也许,我还必须说一说
那一双在人体实验中冰冻 24 小时的手
也许,我还必须说一说
那一群在某一次空袭中在防空洞窒息的生命
也许,我还必须说一说
某个岛城 20 万生灵头顶的一朵蘑菇云
最后,我还要回忆战地记者的一幅照片:
劫掠之后,闪亮着刺刀和手榴弹的幽光
一些人奔走在"焦土政策"的废墟
当然,我们要回忆的还有很多:
例如集中营,例如轰炸与难民

怀念，或打开一段尘封的记忆
对于浩劫里消亡的名字来说
只能是一次远行之后迟到的缅怀
当我在某场浩大战争的纪念日铺开稿纸
一些带着感伤情绪的文字在书本间流动
一些关于战争的记忆或想象占据全部频道
这让我再一次深切地怀念那些
在博物馆中寂寞着的平淡物事：
他们的饥饿缘于变化而不是遗忘
（不，没有谁会遗忘那些不敢触及的痛）
并且无比自然地想到一些诗歌
想到那个关于铸剑为犁的愿望
想起一个句子——
不，不要停，在铸剑为犁之后
继续锻打，铸造成鸽子的形状
这样，即使有人想反过来锻犁成剑
也要花费多一万倍的时间与力气
此时，对于生命的珍惜或敬畏
这颗种子已经发芽
并且深深扎根，枝叶繁茂
从此相信
无边的恐惧永远封存
沉睡到底

停顿 12 秒

静下来，停顿 12 秒
目送一个名字黯淡走远消亡
目送一条生命、一个家庭凄然坍塌
将这个过程重复六个星期
300000 人，南京；南京，300000 人
颤抖的手再翻不过这黑暗的一页
杀戮，面对这人类历史的浩劫
我愿意咬牙切齿地说出一个形容词
一字一顿：惨、绝、人、寰
好吧，寸草不生，白骨累累；
好吧，树木常青，抗争四起；
好吧，让生与死强烈对比
鲜血隐喻死亡，鲜血也点燃胜利
苦难的种子仇恨的种子希望的种子同时发芽
草木的愤怒山河的愤怒同胞的愤怒同时爆发
钢铁的战线我且用 5 亿人的牙齿缓慢啃穿
华北，华南，华东，华中，血肉长城
用时间和土地的韧性来抵挡消耗强寇的戾气
用 560 万儿郎的热血来浇灌美好生活的追求
现在，9 月 9 日 9 时，太阳落入海水

现在，1945，卢沟桥的狮子沧桑不语
如果可以，我不要奢华，不要优雅
只要一家一户安稳的日常生活
以和平的名义
打造承载整个世界的舟船
向前，向花香鸟语的安宁之境
灾难之墙在后，和平大钟在前
枪声在后，阳光在前
冈村宁次，松井石根，谷寿夫……
这些名字将不再出现
不要强加的耻辱，不要决战的荣光
不要送别4500万的亲人
再一次停顿12秒
将招魂的声音改为祈祷吧
将遗忘改为牢记
牢记1937年的血色黄昏
牢记催开美好之花的99种方法

砥柱

大河奔涌,大江奔涌,大湖奔涌
在大地上任性找路的泥流面目狰狞而残暴
七月,有水稻低下头颅承受没顶之灾
孱弱的房子根脚与内心同时被掏空,颓然将倾
临水而居的事物,近水而居的事物
发出恳切又苍凉的呼救

翻开山海经,读到嬴鱼、长右、化蛇、九婴……
柔软温驯的水现在是暴虐的,它失心疯,无羁束
不打招呼地洞穿圩堤水下部分的泥土
渗漏、管涌、决口,裹挟路遇的九棵大树三段桥栏
像陨石擦出火光一路加速,咆哮与撕裂
倾泻于自己曾哺育滋养过的两岸村庄和田野

面对吞噬万物的滔滔浊浪
也有坚硬的事物逆流而上:
庞大的挖掘机、细碎的沙石土、刚毅的迷彩绿
向前一步,再向前,在浩浩汤汤的冲刷面前
拒绝写下"溃败"中的任何一个字,任何一笔画
拒绝向充满暴力的河流低头和退让

第一辑 应时而歌

向钢铁般的意志借来息壤以堙洪水
向灌满泥水裤腿支取力量以成砥柱
我的战友是拖车,是钢锹,是擂下木桩的铁锤
水里泡烂的双脚,沙袋下磨破的双肩
昨夜你攥紧满是伤痕的手,淤泥里踉跄又冲锋
如果闪电抵达赣鄱,耀眼处定有挺立的"八一"军旗

冲锋舟、橡皮艇,激流里绷紧的绳索
那是搜救与转移群众的子弟兵
垒沙袋、运泥土,暗夜里整齐的口号
那是誓死填堵决口的血肉之躯
浸泡在水里的土地和家园再次筑起铜墙铁壁
我在暴雨如注里找到火焰,找到温暖的希望

背负抗洪物资也是扛起如山的守护之责
橄榄绿现在有着一层一层泥浆的底色
必须记住两个名字以及更多:张五洲、徐济鑫……
最危急的时候总有善良且勇敢的人挺身而出
必须记住两个颜色并且深入:迷彩绿、战旗红……
洪水不退我不退,誓与堤岸共存亡

还要记住那泥水里席地的小憩,冷水冲脸的休息
还要记住那满嘴满手的燎泡,稚嫩的脸和刚毅的青年
这是中国军人,这是红土地上的挺拔军姿!

还要记住主动请缨归队抗洪的老兵，争分夺秒的餐饮
还要记住夯实护堤的身影，皮肤晒脱磨破的胳膊颈脖
这是中国军人，这是红土地上的挺拔军姿！

在他们身后，有载舟之水汇聚亲情与力量
有比水面覆盖最广时的鄱阳湖更为辽阔的人民
汇成另一种磅礴的汪洋！

围剿——贫困

产业，科技，下蛋的鸡鸭、结果的草木
精准把脉之后找准穴位扎下银针
这一次，八百里井冈酝酿一场新的战斗
向贫困发起一场人民的战争
向贫困发起一场全面的围剿

春风吹过北京，吹到井冈山
吹醒黄洋界下万物的温柔
10万亩果园在春天开花
20万亩茶叶在春天萌芽
30万亩毛竹在春天破土

这是革命的根据地
崇山峻岭间每一寸土地留下体温
如今抱紧"人民"这个词汇的干部
让百年来延续的种子再次发芽
每一个扶贫的人都与穷苦的农家血肉相连

不落下一个贫困家庭，不丢下一个贫困群众
这是井冈山对天安门的回响

这是孩子对母亲掷地有声的承诺
这里是星星之火的井冈山啊,每一个村寨都是红色
这一次负重的井冈山再次走在前面
像百年前那一段时光
开满杜鹃的井冈山在一个国度里率先脱贫
像百年来这整段时光
开满杜鹃的井冈山在山顶歌唱美好生活

春风吹过塘上村

风吹过竹梢
风吹过塘上村
竹林之下，靠山而居的人们
在柏油路面上脚步放轻
怕踩踏一只竹节虫的梦
外来人，在塘上村认下亲人
认下每周一次路径不一的清风吹拂
认下泥泞的山路穿上沥青的盔甲
道路两侧紫地丁被盛放的格桑映衬

风吹过溪流
风吹过略下村
河流之侧，临水而居的人们
鹅卵石小路上步伐轻快
赶着回家打理三桌农家饭
外来人，在每一个村子定格美景
定格在萍乡乡村里安居的幸福
定格原生的美好和天赐般浑圆的意境
羞于启齿的窘迫被接踵而至的游人稀释

任何一个村子，任何一处风景的发源地
都可以入画，入诗，入郊游者的胃口
我写下乡村旅游，回头检查是否合乎平仄
我打开每一个困于深山拙于交通的村庄的理想
如同打开一片土地上雕刻生活的密码
有穿堂风沁人心脾的凉爽，让紧缩的眉头舒展
忙碌与清欢，隔着三个山头形成互文般的亲密
这小小的区域，每一处都被风抚摩
每一个村子都是安居之所
……

弹一朵新疆棉

小小的桃若绽开便生出一朵云
生出一小片温暖和柔软
作为弹棉花的学徒
我躬身、抿嘴,将一把巨弓从背后吊到胸前
敲击弓弦,将一堆棉花由松软弹得更加松软
弦弓颤动一次又一次,嘭嘭嘭发出深情的声响
借助纵横之纱,借助沁出油亮之光木质磨盘的压磨
九千朵小小的棉絮汇聚成整体的棉被
温暖新嫁娘关乎美好生活的梦想

这是一个弹匠必须做好的事情
必须让众多棉桃学会团结,必须学会对洁白的尊重
以躬身弹棉的汗水向土里长出的纯洁致敬
"檀木榔头,杉木梢;金鸡叫,雪花飘"
那时我年轻,不清楚棉花从何处跋涉而来到我工床
不清楚它从新疆赴约,或是湖北抑或龙背岭的后山
只有那不分彼此蓬松蓬松的事物让人迷醉
一个持家的人将它抱在怀里,便不愿松开
直到放弃学徒当天师父告诉我一朵棉花的来路去处

直到十年去新疆,看见大片大片的云朵在低处
作为半途而废的弹匠,我忘记带上木弓木槌和磨盘
只好在无边棉田里摘了细细的温暖
揣了一些在怀里带回江南
它们水土相服,温暖一个弹匠关乎美好生活的梦想

一座城市：向上，向善

像一个孩子，轻轻抚摸一只凤凰的轮廓
我们走过萍乡的街巷，山水，草木间……
走过一个城市向上向善的日常细节
向上的萍乡，左翅向北杨岐山，右翅向南莲花瓣
托举着美好的梦想乘大风而行
持续向前，向更美更亮的地方飞

更美更亮的地方，善人也可以作为法定的称呼
在千年的书籍里留存：张善人、李善人……
困顿里施粥饭的人，水深处伸手施援的人
贫寒里不离不弃的人，孝敬的人守信的人
所有善良者都有着相同的美好面容
都是爱人的人，奉献的人，被阳光普照的人

古老的故事里始终活着一些好人
让一段情节有着美好的结局
这样的故事并不遥远，这样的故事萍乡还多
现在，将缩微的地图用温暖和善良涂抹
昭萍就成为葱郁的岛屿，结满了善人的名字
站在岛屿上，我不认识你，但我感谢你

感谢一个小城让春天再一次看到向善的光芒
看到一些尘封的种子顽强萌芽
看到一些曾经匍匐在地的东西重新站立起来
在这个以凤凰为形萍实为名的小城
向善的种子始终保持充盈与激情
始终躺在城市的内核里滋养着爱心

向善的力量也是向上
向善的心与爱美的心有着高度重合之处
我们很久以前就相信
有一些事物已经扎根,准备往高处长
只等一场春雨或一线春风
一座城市的高度便将云上开花

重新点亮的灯：6452 盏

报载：经过搜救人员的不懈努力，截至 2008 年 5 月 20 日 24 时，抢险救灾人员从四川地震灾区累计解救、转移被困人员 396811 人，其中从废墟中挖掘、解救出来的生还者共计 6452 人。

那些遥远的文字突然地就蹦到眼前：
天崩地裂或者地动山摇
而光明
而光明在黑暗之中那么奢侈
在狭小的空隙里
大片大片的姓名被拦腰斩断
就像大片大片的灯盏被吹灭
瓦砾之下
除了疼痛和寒冷
还有绝望

时间过去了一些，又过去了一些
在这里
时间的计量单位是秒
可是一秒钟它这么急促又如此漫长

——对于一盏被覆盖的灯来说
黑暗中的任何一秒钟都是漫漫长夜
可是一秒钟它这么漫长又如此急促
——对于十万双伸出的手来说
早一秒钟抵达都可以擦亮更多的灯盏

那个穿透废墟的声音是怎么说的?
让这些即将熄灭的灯盏感受到了力量:
"首要任务是救人
只要有一线希望,就要做出百倍努力
决不放弃"
于是,一些灯盏从冰冷中渐渐温暖
于是,6452盏灯在黑暗中重新点亮
是的,无法照亮所有的黑
但对于被重新点亮的这些灯盏来说
这一点光明就是全部
这一点力量就是希望
就是与死亡相反的一切美好
并且从这些被重新点亮的灯出发
沿着6452这个数字
更多的奇迹不断发生
更多的光亮温暖整个世界!

2008.5.22

追随

在乡村行走的少年已经确认
月亮在村头也在村尾
月亮在河边也在山顶
借此他也确认自己的天命之身
有九天的星辰追随他一路行走不远离

尚未走出龙背岭地界的农家少年
这是他对天体星辰的朴素认知又窃喜
这是他用神秘的唯心主义匹配自我和天空
那时双眼尚未昏花,屋顶的月亮浑圆又皎洁
那时星子有着深蓝色背景,数量繁多不被点清

那时他尚未阅读古老的天问和年轻的天问
听闻有人在月宫砍树而不以为然
看过一两张行星图画又不知所云
而凌云之志已在自己构建的梦境里抵达云外
拥有月亮整夜追随的少年,又将追随月亮远行

颂歌与致敬

苍穹

穹顶是有颜色的,笼罩着世间的万事万物
它的表情严肃、色泽深沉
有那么一瞬间你想到了板着脸孔的慈父
他们有着同样的板正也有着同样的期盼
期盼影子覆盖下的人能够通过远行揭开真相

你在古老的词句里面认识苍穹的玄妙和诗意
又在崭新的照片里面认识苍穹的美丽和辽阔
有着修长身躯的火箭刺破了一小片空洞
露出浩瀚远方的缭乱让人痴迷也让人神往
笼盖四野的苍穹对此早有预知

它只喜欢有敬畏之心又有逆天之心的孩子
它将以苍穹之名打破梦想又赐人间以新的梦想

无垠

世界的边界,灿烂星图的边界
一个人能够抵达的远方。换一种表述:
思想能够抵达的疆域。无边无垠
巨大的星球与尘埃,落差并不会阻挡
一个族群命定的无垠的探寻与奔赴

朴素的天地观有着源远流长的传承
它所能覆盖的世界也是无垠的
奔着无垠的宇宙而去的人有问鼎之心
他相信人力有穷,也相信古老的物种拥有
对自己未知的部分探寻的无边无垠的可能性

载人飞船

叩问,探寻,问鼎,洞穿与窥测……
火箭,卫星,飞船,好奇与实践……
这古典与现代杂糅的词语频繁闪现

发射中心的兄长已不再用神秘的语言
播报一次目标遥远的启程
他现在用司空见惯的文字记录一次发射

更多的时候配上点火的图片和平淡之心
但也有时抑制不住紧张和振奋
那时我们的航天器里载着英勇的探路者

古老的幻想将被现实主义替代
而载人航天的飞行与旋绕只是探路
而计算轨道测算数据在轨工作都是开拓

在讲到载人航天时我们用了义无反顾
探索太空探索宇宙时我们用了筚路蓝缕
用了从无到有披荆斩棘的全部绚烂词汇

不要再写浪漫主义的神秘词语
今夜我不醉酒,不用微醺的眼神看天
今夜我有同胞在太空里睁开明亮的眸子

征途

不是星辰大海,不是无垠的事物
现在我们将泛散的目光聚焦于一个球体
聚焦月球,聚焦火星,聚焦近处的邻居
更遥远的目标不在此次征途的覆盖之中

不是幻想小说,不是星际的游戏
现在我们用血肉之躯开启一段失重征程
开启看见,开始触摸,开始终极的思考
这是新的海生物登陆、是猿类走出深林

这未知的一切让人着迷
这命定的征途让人拥有缺氧般的兴奋

我不认识你,但我感谢你

是朝霞的颜色,奉献的颜色,更是热血的颜色
鲜红是一种多么热烈的色彩
让我们自然地想起一些面容:
那些无偿献血者,那些蜜蜂般的采血者
感谢你的奉献与辛劳
让一些委顿的生命重新变得美好
让更多人们的内心充盈爱的荣光

是的,这是你的荣光,是整座城市的荣光:
我要记住这些名词
献血明星、无偿献血先进个人……
记住这些词语背后隐藏着的鲜活且美好的名字
你们,以勇气与行动,让生命感受世间的温暖。
你们,以宽大的胸怀与奉献的精神
阐释付出与快乐的真谛,完成大剂量的爱心传递
人间的温度保持鲜红,从你的静脉流入他的静脉

血是最神圣也是最温暖的液体
它意味着亲人的期盼、生命和希望
用千百毫升计量的是容量更是重量

颂歌与致敬

这是我们的绵薄之力啊
绵薄之力融入血管中那温暖的液体感天动地
血浓于水,也浓于黑暗里最光照的渴求
是生命依偎着生命,是真情滋润着真情
把自身积聚的温度奉献给大家的人彼此相依
——我不认识你,但我感谢你

——我不认识你,但我感谢你
血与血的融和谱就了生命延续的赞歌
心与心的融和让世界更加温暖与祥和
用行动作笔的人在大地上书写崇高并感人的诗篇
连热血,都愿意奉献,连热血,都愿与你共享
让爱的源泉与血的脉动绵绵不断……

第一辑 应时而歌

京

小心翼翼地挑选一群词组
为短暂抵达的城市留下素描：
大栅栏的糖葫芦；友人叮嘱代购的同仁堂丸药
幽深的胡同有的清净有的喧腾
五月里有草木初开花，更多建筑与旧画册重叠

有些名字此前熟知但第一次丈量：
前门、西单、地安门……
教科书在三十年前为一个孩子埋下梦想
埋下一座城楼一个广场一条蜿蜒山脉关联荣光的胚芽
在北京，保持传统的事物一直要往更传统的深处窥探

京城，京师或京畿。还有眼前自带光芒的北京城
京腔的韵味像一碗面茶地道醇正
而京是古老的姓氏，是人工堆垒的绝高丘
也是千万级或万亿再乘万倍语焉不详的数量级
只有城楼或人形顶戴的字形，从金篆到楷书始终如一

颂歌与致敬

国色

沙石黄,佛手黄,芦灰
燕颔蓝,景泰蓝,竹青
暗玉紫,猪肝紫,蛙绿
……
我尤其喜欢暮云灰,夏云灰,斑鸠灰
变幻的天色里鸟雀从灌木间钻出来
掌灯前的一小片时光便醒来了

中国色都有鲜活的灵性和温度
我说蝶黄
挥笔间菜花深处的黄蝶便翩跹到纸上
我说鹅冠红
举目处缀着五星的旗帜便红遍山河
有一次我站到了海峡边
听见写生的孩子跟着老师辨认:
莲花红,紫荆红,中国红……

第一辑　应时而歌

阳光下流汗的人们睡得最安稳

一座庞大的水库并不庞大
八百人用三年时间就完成了它
一座地下的迷宫并不复杂
两千人用半辈子就啃出了它
一整片繁华的城市并不繁华
两年前进城的农民才开始搭建脚手架
这些年,你看过走过的地方越来越多
越往后越发现真实的话却最像说假:
那些不被人记住名字的人最值得牢记
他们清早劳作,白天劳作,晚上劳作
用汗水和佝偻的身影换取一日三餐
食用自己从泥土里取出的果腹之粮
小梦想,日子平淡且安详:
如果可以,再生一个儿子老来相伴
这是最简单的幸福,或最遥远的梦想
不事稼轩者并不一定懂得这一切
只有走过长长一段路的人
才会在日记里写下:
一座保持袅袅炊烟的村庄里
阳光下流汗的人们睡得最安稳

033

颂歌与致敬

烟花组装女工

给单身的火药筒穿上嫁衣穿梭红线
固定成一箱烟花的圆形方形或扇形
组装烟花的女工没有学过数列组合
却天生懂得了排兵布阵

描绘一束花朵的每一片花瓣并恰到好处
点染一卷彩画的每一缕色彩并丰富饱满
这山村里朴素的工人,用双手拼装与搭配
用匠心铺陈出排山倒海般怒放的表白

这早出晚归打卡上班的女子装束整齐
在敞开的工位上正襟危坐也和邻座言语笑闹
眼眸里浸润着一捆烟花的深情也预设它的模样

夜里的燃放现场,我看到她坐在远远的台阶前
秋天里繁复又喜庆的背景上
升起光束的璀璨也留下大音希声的响亮

这熟悉烟火脾性熟悉飞翔梦想也熟悉乡村爱情的人
不知道自己在为一次传统文化的呈现立下坐标

第一辑　应时而歌

1898：为中国钢铁工业助产

安源，1898，一座煤矿的诞生其实为了炼铁
为了点燃将钢铁熔化的火
三月的奏章决定希望的出生
四月的信牍雪片般繁忙
将零散的矿洞联合起来，走更宽阔的路
将现代的机器发动起来，挖更多更快的煤
多么好！日可出煤三千吨！
举起风镐，将深处的黑挖出来
开动机械，将粗糙的煤洗精良
汉口说，焦煤；安源应，焦煤
汉口说，要更多；安源应，有更多
1898年的安源煤矿，提供将矿石熔化的热情
为中国的钢铁工业快速奔跑提供力气

1898年的萍乡，有了安源煤矿便不同了
有了安源煤矿便成了汉冶萍这庞然大物的一部分
然后有了街道，有了更多的人，十万矿工
然后有了商铺，有了更多的钱，满条街闻见肉香
向下的矿井向大地的宽厚索取
向上的烟囱向天空的虚无示威

颂歌与致敬

天南海北的汉子在井下汗流浃背热气蒸腾
将汉阳铁厂的鼓风机开到最大
将整个国度十分之九的铁烧出来
紧接着便有了工业觉醒,有了汉阳造……

桥梁

这是温柔的名词,协商
上下左右细节与原则的交流碰撞
这是严肃的名词,政治
一个国度一个地域最重要的集合
这是美好的名词,人民
人间最基础最温暖最可爱的群体

先熟知了名词解读
再站在旗帜下识字:
团结与民主。
这四海之内普遍欢喜和向往的两个主题
再之后才是四字句,是一个团队必经之旅
政治协商,民主监督,参政议政

每一个词语都高大又亲民
每一个词语都是政协委员口头呢喃之语
昨日途径社区,闲坐的居民关心绿地园林
再之前与友人座谈,说到相同的话题
这社情与民意便是政协委员的使命
更多民生的话题等待政协关注与发声

三月里春风在会场回荡,建言与献策
这是一个又一个界别的声音
这是一个又一个群体的态度
也是一座城市、一个省域、一个国家的人们
表达观点、通达上下的桥梁
真好,我从民众深处而来,愿意成为筑桥之石

更多时候关心一日三餐,关心教育与医疗
关心残障者的出行与生活,也关注经济和产业
所以提案都有着方正的脸孔和温暖的体温
所以调查与研究都直奔最基层最基础的网格
而建议案和调研报告直指事物的内核也拾漏补缺
此时不是专家不是学者不是名人不是精英

此时我内心柔软目光清澈
我有骄傲的名字,政协委员
此时我骄傲也凝重
肩负重任的人每一个都是智囊也是桥梁
代表着身后的一群群人一个个界别说话
说得庄重又严肃,说得鲜明又认真

今夜我们讨论光亮与温暖的加速度

今夜，我们讨论高处的山
讨论山崩与地裂，日喀则和定日县
每一个地名都被重视
今夜高处的山也是沉重的山
在山上住着的人，我的兄弟和姐妹
他们的脸蛋都有着苹果红
我爱着他们就不愿意听到坏消息

疾驰抵进的军机与士兵也不愿意
不愿意寒冷降临高原、夜色笼罩高原
每一个人都是重点
每一处垮塌的建筑都是重点
牛羊牲畜也是重点
今夜，定日县的每个讯息都是重点
在遥远的北京城被逐字逐音研判牵挂

而我们讨论光亮与温暖在高原的加速度
救援力量腾空于震后 10 分钟的西藏
破拆救援开始于震后 30 分钟的定日县
还不够，继续加强，消防医疗与志愿者

热血与物资,中国造的无人机和重机械
只为更快!以中国速度搜救每一个生命
只为更软!以亲人情感温暖每一个伙伴

搜索、救护、抢修、安置……
将工作做得再细一些,确保安全温暖过冬
应急的帐篷与应急的照明,争分也夺秒
悬空的明灯点亮夜空,十分钟搭好一间板房
寒夜里的热饭菜,安置点的临时课
孩子们心理的疏导都在第一时间被想到
各方云集的屋子为着抵御日喀则冬天的高寒
此刻,大风扬沙中吊装起一间板房就是搭建
高原上一个家庭温暖过冬的安心

今夜,我们再次讨论光亮与温暖的加速度
跨越千里的人从灾难手中抢回生命与健康
也从黑暗与闭塞中抢通电力和通信
抢通寒冷中的烤火炉、电暖器,抢通光和暖
探照灯点亮救援之光,汽车灯照亮疾驰之路
食品和衣物、被褥与暖炉唤醒身体的温度
科技的力量、细处着眼的爱汇集内心的柔软
而遇见光的人也在感念光,感念温暖与光芒
感念他们对重建家园、坚定希望的恒久照亮!

第二辑　大美中国

——我爱着你的十万里江山

爱一个城市先爱她的博物馆
爱上大美中国更爱着她的十万里江山

枫桥滋味

老宅子，青石板的街道
不是故事里的小巷
诸暨的枫桥给江南水乡安家
窗棂上从此绵密着春雨

孝义路，记忆里的枫桥
古镇也可以很现代
年少的人们保有祖辈的生活
写意的老街守住历史脉络

古老的树木在江畔继续古老着
活过一年便增加一岁
画荷的王冕回头依旧可以画十里枫堤
诸暨的美人转身依旧在溪上枫桥伫立
她们不撑伞，千年的枫桥便微雨不落
游客不开口说话，永走不出一个古镇的气场
这是枫桥的滋味，你不寻一户民居住下来
便不敢细细地深入咂摸

枫桥：温柔的村镇

紫薇，葛村，柳坞，新杨，银杏
都是些关联诗情的草木
天竺，大悟，彩仙，它们有着玄妙味
在枫桥，渔稼和孝义都传家，都厚重
黄檀溪的流水和白水溪的波光都映着枫溪
映着田园枫桥的浅滋味

纱线绵密，纺织出诗意枫桥的绵长
这是江南的乡镇
这是夜不闭户的平安传说
在枫桥，我们给每一件事物重新命名
让乡绅的圈椅成为历史
在看不见的地方，草木渐长渐大
有梦回故里的气息在调适着这一切
温柔的村镇变得秩序井然

海口雨后

浊浪排空发出呼啸
漫天的大雨并不影响波涛半分

海口的蓝天在水洗之后沉稳又通透
你相信海风和六月的雨都有所预示

一些久已开好的花也仿佛突然醒来
从茂盛的绿叶下探出头,假装刚刚开放

雨后花丛里悠闲走出的蜥蜴挺胸踱步
它的神态多像迎来喜讯的考生,深藏憧憬

不断收到北京捎来口信的南方岛屿
有果实在成熟,有破土而出的新芽争先恐后

造字

穿过海滩,骨感美女般的椰树
穿过三角梅,一艘船归航,回到渔村深处
再小的渔村也不短浅,浸水的渔网连起来
比所有的缆绳都长,比所有岛屿的森林都深
只有海风曾抵达全部,丈量海岛的每一寸肌肤

海风是休渔后被潮汐固定的纹理
是一大群失去尾鳍的渔民躲不开的父亲
他有时暴烈,有时温情,对南海的物产负全部责任
而我们是远道而来的过客,在热带季风里沉醉
比渔民的坚忍和执着还更沉醉

沉醉是一个旧词,旧事物
但海洋总是新的,看海的人需要造一个新字
披荆斩棘的新,乘风破浪的新,新征程的新
启航之初就把无边的蔚蓝交给辽远
用一个全新的词语来表述海洋经济

穿过梁鸿国家湿地公园

有细小的初生野鸭晃动脑袋
芦苇间出没水波的生灵是地标般的暗示

一路上我们辨认植物最终却颓然放弃
湿地的丰富远超一群陆生动物的想象

依着伯渎河,每一座桥拱都有着美好的命名
它们隔断也在连通不同的水泊

七月的阳光阻挡不住隔着时空的目光
与留下美谈的夫妻之道形成互文般的对视

陌生的来访者在鸿山一再定格背景
当他们走过湿地,走出林荫道和宛转亭阁
穿过国家湿地公园,身后
留下梁鸿,依旧在草地上举案齐眉

在鸿山

确切地说，在 2700 年前的鸿山
玉做的飞凤等待从遗址中起飞
三足的缶隔着几千年应和秦人之歌
在鸿山，有江南的土墩描摹荒野田园
在日出而作的农耕中守护先祖的秘密

重现人间的每一个细节都曾惊艳于世
神秘的事物让人害怕又崇仰
吴地多蛇，留下尖锐的疼痛和恐惧
留下首尾相衔盘错的玲珑球
为遥远的后人准备证物

如今空旷的狭长墓道任由你居高临下
陶制的明器在巨大木梁下的玻璃柜中苏醒
仿佛突然成了未曾一见的实用器
在耳边发出宏沉或清越的敲击声
让恍惚的心思重新回到厚重又簇新的鸿山

向上走

向上走，风裹着岩石和杜鹃
我们悬空踏着山腰
修栈道的人用汗水托起我们
修大道的人同样如此
他们躲在山深处不说话
看石头的人眼中看到万象
看草木也能看出不同风情
这世间万物都有相同的本源
最简单的一可以化出宇宙
衍生山河，不信宗教的人也可以信道
不信宗教的人也相信一气化三清
不信宗教的人也渴望在三清山偶遇神仙

第三次拜访三清山

第三次来到三清山
依旧保持神秘,虔诚
跨九十九步台阶,筑基
再走九十九步,丹药芬芳
最后九十九级,人可化神

顽固的石头最适宜证明道法
花岗岩在三清山沐浴道家之气
这世间唯有岩石和神灵可得长生
第三次拜访三清山的人路过溪流
走进大片岩石褶皱温暖的深处
这一次你保持定力,只看风景
十三种植物等待——命名
十三座山峰神圣的名字等待认领

河北崖只是龙泉60个孩子中普通的一个

河北崖开满月季，蔷薇，开满虞美人之美
过路的人路过三十条小巷，核桃，手植大葱
红色的灯笼抢去了全部色彩
异乡人，一头扎进苹果的芬芳深处
每一种果树都让你好奇
直到樱桃的光泽最终俘虏了你

在河北崖，龙泉镇60个孩子中的一个
每一次抵达都隐喻对土地的一次亲近
而让人迷失的，是水果的甜，是果木的美
越深沉的色泽预示越厚重的甜蜜
越朴素的建筑表达越古老的年岁
河北崖，在龙泉的平原上开出有故事的花朵

但河北崖只是龙泉60个孩子中普通的一个
如果可以，窑厂、北夼、高家疃、埠岭
这其中任何一个兄弟姐妹都能同样让人迷醉
或者换一种表述：河北崖的一条胡同
与另一条胡同并没有不同
而同时拥有全部这些胡同的龙泉才是富饶的

颂歌与致敬

龙泉温汤

将自己交给水,交给温情的水
将一个镇子交给温汤,交给昆嵛山河
今天我们不说城市,不说与节奏有关的一切
在龙泉,我们寻找内心,寻找肉身缺失的部分
滑腻的龙泉汤打开一万个毛孔
再往里面填充道家的养生之气
填充昆嵛山昆嵛湖的灵动厚重
这一具肉身便安然筑基了

昆嵛山上留存着一个教派的传承
而昆嵛山下开掘着一段养生的传奇
这北方的养生小镇将时间打坐到老
风从山里吹到山外
老神仙,与温汤袅袅的水汽配合默契
从此,踏云而来的人不食人间烟火
在龙泉,本不适合讲道理
在龙泉,我们辟谷、御风、炼丹、沐泉
我们放下可以放下的全部重量
将念想放到温泉水里,飘飘欲仙

有心事的岛屿

有心事的岛屿
总想起过往的美好
那包裹山头的烟云
袅袅出几千年的神韵
——雨后初晴的上午尤其如此

在海洋对面,以始皇为名的岛屿
入海处,有浩渺波澜茫茫如梦
有仙山在时光深处隐约
有人深信如此
像深信蓬莱的九十九种传奇

现在,有心事的仙岛不说话
端坐于夜色婉约处与我对视
隔着一座大桥或半盏灯火
传出神秘的一簇马嘶声
你听得真切,却触摸不到它

求仙记

巴掌大的江湖里点着灯腾挪
雾气越来越浓,最后吞掉了夜色
时光深处的隐约故事写到纸上

种花的人头发很长,袖口里飞出大群蝴蝶
他来自大海深处,怀揣活人无数的仙芝
这是确凿的事,东海有岛名蓬莱

阳光真美真透彻,只有远处看不真切
远处的岛屿有着心事,关联丹药与帝王
——雨后初晴的上午尤其如此

独木舟,木筏子,庞大的帆船本身就是神话
老人困于禁口的术法,天机只他自己知道和保管
大人物坐拥天下的金、木、水、火、土和更多

大人物并未学会五行遁术,从秋风末尾逃离
汹涌的天地穿过花前酒、宫廷乐,咬着白发不放
仿佛只等天冷下来,漏网的石头随时将面临雷劫

只有仙山可以挽救一个物种的私心或共同心愿
而蓬莱在东海怀揣心事不说话
只在迷雾之外传出隐约的马嘶与鹤鸣

隔着小片海水或半盏灯火
求仙的少年听得真切,却触摸不到它
端坐于夜色婉约处与岛屿上的风对视九百年

而蓬莱打开阵法,现在改名岱山
你知道迷踪的少年隐瞒了一些什么
并没有说出全部的实话

垫江水韵

嘉、涪之水汇合如锦衣重叠
长江上游的浪花润泽了重庆东北的人们
也捧起了江北千年的垫江城
这是五月清晨里的微风
我们沿着婉转的江边行走
水岸线优雅而绵长
我路过这巴蜀之美,要采摘
更多浪花,巴渝之雄,夔门之胜……
采摘更多的微笑与美食之韵

你告诉我到这里寻古老蚕桑、盐卤
寻浪花堆砌的土地里取出的原始甘甜
将白柚之甜与丹皮之醇嫁接起来
向垫江索取果腹之外水洗的优雅
水润垫江城,淘洗出巴渝之风的本色
铜管乐里吹出婉转雄浑的交融
书画卷轴里洇染牡丹的雍容与端庄
从古城堡鹤游坪,从1700年前启程
水润的垫江,逐水而居的人们
再一次鸣笛,向浪涌前头整装待发

垫江古韵

面朝大山，面朝磅礴的江河
吐出一些词语：周嘉、鹤游、裴兴……
每一个都无比古老，安详且美好
就如垫江，袭江，两江汇合如衣重叠：
叠出 95 万人的安稳家乡
往前行走 1460 年，西魏
一座县城的开启之初，牡丹开在古老的热情里
四月美好，垫江融化在大片雍容里

向祖国西部，重庆的东北
在古老的名词里迷醉山水牡丹
田园本身也是美而多变的，古老的地名更让人安稳
一个王朝的梦想也如此
桂溪、澄溪、三溪、沙河
以水为命的土地同样以水为名
而垫江汇合了它们，更大，更美
这丰饶的土地历来保持丰饶
555 年出生的垫江，对得起千年古县
对得起地名文化遗产里一个闪亮的名词
普顺、永安、太平，古老的名字

颂歌与致敬

给我一家一户的安详
给我柴米油盐日常生活的安居乐业
这牡丹花香的城市让人踏实，心满意足

在黄姚

古镇端坐花蕊的中央
在它身后,九枚苍翠的花瓣环绕
每一瓣都有着叠螺、真武般神秘的名姓

我们越过宋与元,到明万历年间相会
像三条河流在黄姚找到共同语言
守望楼上有人守着城关也有人守着山岚

那淡蓝的暮色覆盖人间之际
远来访古的人也被一再清空
像穿过朴素的石阶抵达闲适的荒山

颂歌与致敬

鲤鱼街

越过鲤鱼洲,水面露出灰黑色脊背
唇边有长须,分列如朝臣

照旧有凌云之志在姚江之水跌宕处
力争上游者遇风云便腾跃

直到鳞甲闪耀出黄金般的光芒
在雷鸣与闪电的间隙露出一去不返
坚定的一次摆尾

那一夜有差之毫厘的倔强跌落黄姚
河畔便有岩石突起如巨鲤
嶙峋又桀骜

贺州的工匠有巧手和俯瞰天下之心
从此古镇有了鲤鱼街
守护美好的人间寸步不让

到文成去看水

先做认知练习，漈，水岸边，海底深陷处
——方言里的瀑布
至此，才算迈出一段旅程的第一步

第二步是水石相生
百丈漈的岩石都有七窍玲珑心
横生出水汪汪的眼眸和陆离的石洞
供神秘的事物穴居

而疲惫的灵魂在水岸边呈现松弛之态
幽微的念头在海底深陷处细细探究
只有瀑布掀起恋人般柔软的轻风
让逃避到峡谷清涧里的人如愿以偿

对饮

是嶙峋且桀骜的石头
是对天凝望的柔情之水
是龙井幽深处神秘又俗常的想象力
到铜铃山与山水对饮
不尽的琼浆从白云深处飞身赴约
酣醉处我们便胸怀天下山川
像650年前的那个老人收取龙脉
藏于心念之间,藏于家国社稷

饮到最后,在无边的茂林里席地而卧
扔下满地的酒瓯化成壶穴
沿着水流在石上一路跌宕抛撒
刻下深洼的印记
远远旁观的飞云江含笑不语
它不贪杯,独自流入大海
仿佛世间没有谁能让它稍作停留

旁白

大岙、巨屿、岙口、玉壶……
文成多山，山多大石，巍峨高耸
山与山之间被放弃的阵地
才是草木兽禽让渡给人的寄居处

树皮皲裂的古木横放
纹路间定然出现天然的沟壑与平谷
那是一片大地的微缩版本
供双腿直立者与两栖动物分享的家园

我若横切镜头，需要天地间原始的声音作为旁白
你定会发现夜色深处的秘密
云豹与黑麂动作敏捷又不失尊严
它们到碧潭饮水，深林交配

文成的一百种鸟兽毫不腼腆
深信自己与人类平分着山水和田川
无需额外的契约授权
无需更多画外音进行解释

江南一梦在西塘

斜风,斜飞,斜云,夕阳斜
只在江南的手稿上如此描述
我也喜欢斜塘,符合古诗的韵味
现在斜塘的户口上写着西塘
依旧披裹着烟雨一般的旧梦

梦里着汉服的女子在船尾曲着腰
她的细花伞上花朵真细碎
在系缆石上打绳结,转身回到宅院深处
而宅院的马头墙是雄性的
在西塘所有村子的灰白建筑上昂首

梦在江南是水灵灵的名字和憨厚的童年
隔着绵密又整齐的窗格
院子里一片灰瓦骑在另外两片肩上
鱼鳞一般的光线透过花墙
它们也有着江南一般的身段

这是多年以后的事情
鲜衣怒马的少年已从旧居路过

安心读书,五行偏土。竹亭之内
我写到江浙,仿佛宣纸就被濡湿
我写到斜塘,仿佛梦里回到江南

杜鹃

杜鹃多情
正好,与水乡女子的柔婉相呼应
将满山遍野土生土长的彩霞豢养
在西塘人家的院落里云蒸霞蔚
这是几百年的手艺了,为植物搬家、续命
为映山红换上大户人家中规中矩的名字

种杜鹃的人都爱着生活
爱着西塘的草木和美好
春天里开花,夏天里也开花
而更多少女被冠以鹃的称呼
古镇里借宿的侠客请务必早起
看见含羞的杜鹃晨光里吐气如兰

草根的西塘

有名人和大师，星光闪耀的进士第贤者书
也有村头镇尾径自葳蕤的小名姓
镇志的光芒之外，我更喜欢草根的西塘
一家一户柴米油盐日落而息的幸福
水乡的水总是缓慢地流
西塘的日子总在缓慢而安详地过
原住民，打马而过的游客，有相同的面容
相同的内心平静
这才是人间烟火的呼吸，在嘉善田歌里流动

西塘多桥、多弄、多廊棚，橹桨荡漾的声音里
草根的人与原生的自然达成妥协
说吴越，说民俗，说草根文化的积淀和遗存
像河埠里讨价还价的小交易、家长里短的日常
像平民的屋子观音兜代替屋顶张扬的翘角飞檐
穿越春秋与唐宋，明清建筑里住着的人们也为稻粱奔忙
现代的玻璃藏在木雕花格之后
这草根元素的小心思
同时拥有了江南与古典、情趣与现代的自觉

嘉善

面朝东方,汇集所有的水流奔赴大海
一路吐出亲切的称呼:姚庄、大云、天凝……
而西塘只是嘉善9个孩子中的一个
在嘉善,一切日常都带着水的滋润与情的荡漾:
大寨河、圩水港、芦墟塘,汾湖、祥符荡、北许漾

嘉是好词,善是好词,嘉善是个好词
交织的波光映照507平方公里的厚土
多少人向婉转的水系索取一日三餐
索取安稳生活里的好日子
拥有嘉善便拥有了一切美好的派生语

海湾上书写的田字有着丰富内涵
与苏州的精致和沪上的开阔比邻而居
嘉善的人们便看得足够远
足够将梦想延伸到海洋之外
而心安处,永在嘉善

二十四桥西塘夜

水润的西塘契合水汽弥漫的灵动
清早出门,水弄与街巷都在脚下
石头也可以剥下浅浅的外皮覆盖水沟
你无法在江南水乡回避临水而居的人

在西塘,9条河道不代表密布河流的全部
一棵树懒散地躺倒在大地上鼻息均匀
它的树干、枝丫,以及细小的分岔
多像一幅画,多像雄麋鹿多情的角

而石桥是水上揽镜自顾的老人
她渡一切有缘人与有情人,渡薄雾笼罩的美
我不跨过河与你在拱桥高处牵手或拥抱
只在另一座桥上拍下你倚靠桥栏的侧影

你已经知道,二十四桥彼此牵挂
丝竹声里依依流水在眼底斑驳
她们还记得千年前的风和百年前的月色
还记得泛舟夜游的少年
他沉醉于两岸灯笼朦胧的酒意里最深情

西塘的夜并不只为你一个人等待千年
枕在水上的风景安心被婉转的演艺催眠
画中的人在梦里也在相思的诗里
下半夜它永不要来，二十四桥的圆弧里
我便圆满地拥有你，总都不与你分开

顺着黄河由南而北穿过商丘

顺着废黄河,在暗夜里穿行
青葱的河流曾给商丘以温润
先是滑过归德府、滑过民权
然后是宁陵、梁园、虞城
滑过属于商丘的广袤平原
这故土难离的黄河古道由南而北路过商丘
就像一个故土难离的人由南而北穿过中国
粗粝的沙石开始硌了它一下
你一路感知华东、华中、华北
窗外的草木已反复变幻多次
整个过程悄无声息
待太阳从河南的最东部升起
麦子已经长成
羊群大多数时候在站住低头吃草
只是偶尔走动
待你由南而北穿过商丘就像穿过整个中国
最终在狭小的地图上写下:
黄河温润大地,跳过金,跳过明
在商丘的土地上滋养树木庄稼之根
也滋养一个外来者对黄河的虔诚之心

我更爱深夜的西湖

我深爱这深夜的西湖
人群散去,万物归位……
暗而幽深的西湖如同回到宋朝
那农耕时代山水的安静与安详

事实上白天的西湖我也爱
那时我藏身在人潮里
如同密探收集每个游客的赞美:
这秀美的、热闹的、悠长的西湖

昨日在湖边的树荫下有女子翻书
今夜我不透过窗户观望湖边的安宁
今夜我更愿意走进午夜娴静的西湖
趁着无人的时刻将喜欢的景色一一走过
趁着独自的时光表达对西湖的深爱:
只是行走或坐着,不拍照,也不说什么

安定的古发音

我更愿意称你安定
只一写下或念及
心便安稳

在陕北,确切地说:在子长
植物可能更先于土壤存在
整个北方深处密布着文化的根
子长也同样
让每一句汉语和每一幕壁画找到根源
漫长岁月里水草丰茂的高原就是中原
牛羊肥美,大口吃肉的人也大口喝酒
他们的身影渐坐渐粗粝
像牧羊者赶着羊群走进荒原
走着走着就融入山梁不见了

剩下万佛岩将名字改了又改
对着汾川默不作声
像满树的苹果和葡萄只用甜美表达存在
并不叽叽喳喳地叫出声来
像一阵风吹过子长

岩石洞窟里端坐的神像便禅韵弥漫
现在它名叫钟山石窟
端坐在秀延河的右侧等待虔诚的一次抵达
之后给每一个外来者纠正古发音：
安定，安定的安，安定的定……

金银花香里的绥阳

芳香也可以是金黄或洁白的
它们纤弱但繁茂
在五月的绥阳成簇攒动
夏天来临时给整座山披裹药香
这山野里的草木从泥土中借来芬芳
借来土地最原始的力气和清醒
医治三百种人世之疾
洗刷这白天黑夜里无处不在的混沌

在诗乡的天空下
布谷鸟从遥远的隋唐开始啼鸣
催开一个药农汗水里的美好梦想
催开事关每一个家庭小日子里茂盛的幸福
药典里的金银花在绥阳最为生动
来不及采摘的清凉如花蕊软而纤长
这柔婉女子的皮肤请小心碰触
它温润、清软，美玉般透亮
金银花香里的绥阳形成吐蕊的软玉温香

生活在金银花香弥漫的绥阳是幸福的：

每一个在花香里吐纳的人都值得骄傲
如果可以，请给我三亩三分土地吧
趁现在，趁城市还没有完全沦陷
浮躁还未彻底改变人心之色
我要种植甘草麦冬金银花，还来得及
向祖国的西南，贵州北部
用金银花的色泽点染诗乡的山河
点染药农向土地讨生活的欢颜
如果可以，请给我三亩三分土地吧
趁现在，趁太阳还没有完全升起
俗世的一切还没有占据山顶
我要种植杜仲雏菊金银花，还来得及
向贵州的北部，遵义东北
用最纯洁的雪白和金黄点燃梦想
在金银花香里的绥阳感知清凉

鲜花迷醉的呈贡

新生的呈贡以花为命
玫瑰,梨花,康乃馨或郁金香散发芳香
为幸福的呈贡点染色彩
四月来临,一座城市风生水起
以强势的崛起回答所有疑问

回到蔬果美好的印象
这古老的耕作,事关小家庭茂盛的幸福
靠近滇池生活的呈贡是幸福的:
鲜花之城与蔬菜之城的春天都无法复制
一切理想主义者适宜在呈贡诗意栖居

在山水呈贡的花香里吐纳生息
我们临水而居,俯仰天地
到梨花溪边,百花深处,最美丽的乡村
我们到万溪乡村场景里过悠闲的日子
花香氤氲的呈贡呼吸间已彻底迷醉

云涌

离天很近的地方
或离神灵很近的地方
一座山书写道家的风骨
启动了幻灭间生命的追问
现在，我们抛开这些
抛开祭坛、古色绿色、万亩草甸
诸如此类这些词语
现在，我们只选择一个六月天
将自己沉醉于深沉的绿色之中
千年之前和千米之上的风滑过脸颊
我们很快安静下来
像所有人一样学会古朴，内敛
像无边的云一样云游四方

让草木与云朵包围我吧
最纯粹的人爱上最纯粹的风景
最美好的人爱上最美好的事物
为此，我到武功山顶来看你
我到浓绿无边处来看你
只有这最茂盛的洁白与美好相契合

只有这最茂盛的青翠与美好相契合
山风拂面处，云涌动武功
如果你愿意，最古老的玄机和变化
也可以在浓郁的云游深处去找寻

开启

一点点明亮
仅仅是一点点
但瞬间就燃烧起来——
这些紧密团结的事物
在高山的头顶铺开金色的云
一点点起伏
仅仅是一点点
但很快,阳光的抚摩就让它
成为波浪,成为绵延不断的姿态

这些汪洋于山顶的光线
已经成为仪式
成为错落于我们心底的一次狂欢
这一刻,所有的诗人都应该安静
聆听万马奔腾的一阵脚步
盛开,盛开,盛开
怒放之外还是怒放
让一次震撼接着另一次震撼吧
如同九百个山头紧紧挨着另九百个
如同我们跋涉千米聚集在这里

等候圣洁之光一点点将群山点亮
一点点将我们的心头点亮

晨曦在转角之处
照亮自己的梦想和美丽
只有行走的人内心最葳蕤
只有行走的风景让攀登者感觉欣慰
而每一个黎明到来
每一个阳光普照大地的时候
最优雅的时光反复开启

走神

我们穿过油画,借由晚风微热的手
将千亩芙蕖的亭盖逐一抚摸

白鹭有着修长的身子,与夜幕互补
它勤于捕食迟不归巢,夜色就总不来

路遇土生土长的村民深入花径散步
对襟袄上同时有着轻烟般的散淡和新潮

白露将近,莲实已成而荷香未老
半枯的草木与偶至的天鹅倒影交错

画荷的王冕已在夏天来过又将再来
梧桐畈的这些事物,都仅是前奏

这是葛乡横峰的夜,这是莲荷乡的夜
这是义门村的夜,这是梧桐畈不同于别处
的夜。这是乡村的缓慢里惊艳的夜

隔着亭台的轮廓,我们举杯在绰约处

褐色莲蓬留有禅意的空洞
执在少女手中的那一朵，长着躲闪的眼睛

现在天南海北的名姓再次填满莲房
用不带醉意只带花香的词语忆江南
今夜，梧桐畈要将提前开过的水芝重开一遍

木栈板上的人，只聊无用而美好的事
就像世代农耕贩藕于市者
偶尔也会走神，移情于荷花的明艳和暗香

在横峰,我是冒名的主人

水是秋波初现的澄澈
而山,山是眉间斜逸的川字
微蹙的是山水晴空,不是眉头

在横峰,我这冒名但
欣喜于此的主人,同样被红色的日常
所喂养

越过阡陌便是清秀的笔墨
遥望过鹤石山、无首山,蛤蟆山保持微笑

在漆工镇,以漆为命的后人
重拾三千年前的旧手艺

我也愿回复自己的旧姓,复姓漆雕
为敬仰的先烈雕出明亮精美的世界

一个村子姓闽姓浙,姓皖也姓赣
这是属于百姓的老院子,门口的青石依旧光滑清凉
太多满怀爱戴的人坐在这里

太多满腔热血的人坐在这里

作为一个冒名的主人,我回到了自己的家:
清贫,又可爱,明媚的花园代替了暗淡的荒地!
现在,这很近的将来已在眼前
这可爱的中国拥抱自己的儿女也是拥抱国土的主人

横峰笔记

> 自城市以至乡村，一山一水，一丘一壑，只要稍加修饰和培植，都可以成流连难舍的胜景。
>
> ——方志敏

薜荔打着浅绿色的灯笼
农家的老院墙便被点亮
横峰的小桥流水边
土著胸有丘壑，只过散文般清浅的生活

这斜卧着的山水淑清刚刚好，不慌不忙过日子
它是横不是竖，不学我白衬衫，正襟危坐
草木的青葱与晨风的微凉都是值钱的
只有时间不被称量和计价

己亥年的处暑过后宜漫山遍野追寻葛的足迹
为一朵花停下，也为一片云开怀
忠义的滩头泊着自然主义的清歌
好客的王家氤氲温情时代的夜色
我在碧玉竹的丛林间穿行
仿佛这乡村也有色泽交互的两面

一面已经享有风驰电掣的呼啸
另一面刚从宋时的文人画中取出

颂歌与致敬

有古寺，名东禅

是东禅，是岘山，是南湖与幽兰互为倒影
禅林无需攀附世间的一切声名
只攀附大殿落在斜扣僧衣上的一声禅音

山岭和云朵都没有固定的主人
山水间的古寺自带草木之心
拥有岘山的幽兰镇便印证了幽兰的出尘

这繁花开遍的省城被一座山所包纳
在 1350 年前的竹林深处埋下伏笔
山间汲泉，树下对弈，不动声色吐出新芽

吐出晨光初露的古镇怀抱翘角飞檐的建筑
像一个临水而居的城镇即将飞起

蒋巷,蒋巷

下得高铁,问蒋巷
不清楚。问鱼米之乡就清楚了
那是南昌过去很有影响的地方
湖光山舍有山色更有湖光
蒋巷不姓蒋,也并不多巷
蒋巷有四面的水环绕
有肥美的鱼虾搅动外来者的味蕾
江南的粮仓有五千亩果园飘香

过了豫章大桥,赣江的浩荡在枕边
枕着赣江的蒋巷也枕着浩渺的鄱阳
江流堆积起了241平方公里的蒋巷
堆积起了十万人饮食呼吸的生生之所
过五丰、三洞,过滁北、山尾、河边、洲头
还有联圩与白岸
久雨的时光偶尔恍惚
阳光照着三月的末尾也照着寻路的人
照着在省城近郊保持农耕的大片土地
照着萌芽的葡萄,水边的藜蒿
停顿下来,你终于知道
这才是蒋巷,这才是泥土芬芳的家园

金色的安义

现在让我们迷失在金黄里
迷失在金色的安义
别张望,菜花已经接管这个四月
要迷醉就迷醉在家常味的花海

赶在梅花开放之前
将腊梅先开一遍
之后等待桃花,杏花,油菜花
以娇羞之蕊撩微雨之心

面对整片整片拥挤的菜花
更多的时候我想做一只蜜蜂
不吃饱满腹的甜蜜绝不返程
重叠的颜料簇拥着金黄的安义
在深处,与十万株油菜耳鬓厮磨
现在你可以宣布已找到春天的内核

明月与山

你久久看着远处,高山的上半部分
云岚自顾自婉转成水墨
这是暮色将临的明月山
仿佛自带了空山清寂的禅意
浅而薄的缭绕像恋人间无需言语的对视

我们席地而坐的右前方
庞大的山石被月光临幸
淡淡的洁白让山顶清冷又朦胧
互存情意的人来问山,问禅,也问月
到了明月山的怀抱便觉得安稳和甜蜜

已看过很多的山和水,进过很多的寺和观
可是明月它的名字如此庸常却
让人浮想。一座山因此变得轻盈
变得唯美但亲民。每一个抵达此处者
都被月光轻拥和祝福

栖隐

明月照着翻开的半部禅书
照着飞檐翘角的江南建筑
寺庙拐角处,晚归的僧人被山风吹动衣袂
他僧袍上的褶皱与额上的褶皱相近
也近似于油印的典籍褶皱之处

栖隐、慧寂、沩仰,每个词语都有出尘的滋味
这灵动的世界都被一座山所包纳
唐时开满繁花的草木并不固守仰山
但都结出籽粒,留下了禅月浸润的种子
在明月山的竹林深处埋下伏笔

一千一百年前的身影还在山间汲泉树下对弈
一千一百年后的栖隐依旧保持月光与禅诵的交融
寻访明月皎洁的人邂逅栖隐寺的安宁与淡泊
也邂逅了翻开旧书时手感温润的人文
听过古梵音的老茶树不动声色吐出一小片新芽

明月山下,农耕传家的村民谨记天工开物的细节
他们与黄昏击鼓、月下读诗的那些人们

始终葆有隐约不断的友情
那催赶耕牛种谷播花动作的娴熟与虔诚
多像昌黎书院清晨的诵读和栖隐寺里神秘的仪轨

读湘东

萍水河的浪花堆叠起丰润的家园
三湘再往东,撑起赣鄱西大门
让赣湘两地的水流互通有无
这是43万人共同的湘东!

黄花渡口的足迹沉淀诗意的家园
湘赣有通衢,拱卫交流桥头堡
让千年的岁月焕发全新光彩
这是新时代的热情湘东!

工业的传承擦亮了湘东的品牌
民生的温暖柔软了湘东的面容
古老的民俗鲜活了湘东的岁月
四时的鲜花美丽了湘东的青春
找清凉的时光沿着湘东的山河走一遍
整个季节便都是一片阳光明媚

五峰山的草木烙上黄庭坚的诗文
太屏山的建筑写着唐明两代的悠远
青草湖的绿,映照幽谷的桐花之美

四八门的红,点燃高山的杜鹃之艳
现在,湘东是古书卷里长夜不眠的微雨
是新时代春风驿路舟船过此的葳蕤蓬勃

返乡的颜培天只带两袖清风
就义的黄钟杰身后万山罗拜
凯丰始终葆有文字和革命的激情
驿路梨花开遍大地和人心的角落
还有更多,四名院士两帝师……
文化的高峰开满湘东的花朵

现在,我透过美轮美奂的包装产业读你
读湘东。透过尽善尽美的工业陶瓷读你
读湘东。读懂湘东内敛的风情与坚硬的风骨
现在,我透过激流勇进的龙舟读你
读湘东。透过生生不息的稻种读你
读湘东。读懂湘东拼搏的力量与向上的理想

面朝湘东版图吐出磅礴又亲切的词语:
路过云程岭就走进了庄严肃穆的记忆
更远处,明月照耀的田野谷物颗粒饱满
百里鲜花画廊迢递到春天的怀抱
窑火旺盛的岁月里泥土也能变成金
袅绕乡愁渲染了湘东的滋味和气度

颂歌与致敬

现在,刚毅的脚步向外
向省际与国际的舞台
投射开放合作的湘东眼光
现在,柔软的注视向东
向太阳与旗帜的方向
拥抱坚定温暖的湘东情怀

读懂这些,便读懂我们热情的家园
读懂这些,便读懂我们共同的湘东

读上栗

读栗水，读杨岐
读民间故事口耳相传支撑童年的发祥地

读焰火，读溶洞
读赏心悦目满足一切想象的古典意象

面朝上栗的版图
两条河流分别出发却有着相同的抵达
遥远的潇湘大地，洞庭湖里倾听上栗的水声
三座高山分别耸立却指向相同的高度
亲切的赣鄱怀抱，罗霄山脉绵延上栗的竹涛

作为湘赣边的上栗不是边界，是互通有无的门户
作为湘赣边的上栗不是区分，是相互融合的区域
是过渡，是互补，是亲戚往还的熟悉村庄
是拥抱，是握手，是产业交织的合作园区
上栗，登高望远叶落两省的上栗！

路过彭高登赤山，播种福田望桐木
细小的溪流从东源出发汇成滔滔萍水

坐拥金山看鸡冠,穿行杨岐到长平
细微的个体从上栗出发凝成浩荡江山
上栗,襟怀开阔我们共同的上栗!

古老的傩俗阵列在前
灯彩与皮影、春锣敲响民间文化艺术
还有古老又日常的烟花制作技艺
在非物质文化遗产的广场上排列整齐
春光明媚处我们将上栗的武艺逐一检阅

现在,透过麻石街萍浏醴的风云读你
读上栗。透过斑竹山斑驳的树影读你
读上栗。读懂上栗尚武拼搏的红色基因
现在,透过杨岐山倒栽柏的禅意读你
读上栗。透过万寿宫码头的喧闹读你
读上栗。读懂上栗动静自如的古意盎然

普通寺前成林的方竹自有规矩
宝华观傲立的罗汉松依旧青葱
那些唐代的塔与碑,那些元代的人与树
那些闪烁光芒的名字让人神往:
刘禹锡,韩愈,黄庭坚……

孽龙洞里流光的钟乳焕发异彩
楚王台上不朽的诗文见证传说

这崇文也尚武的上栗拜火也拜屈原
这崇文也尚武的上栗仁义信智两全
还有更多，国泰国庶让人反复嗟叹

现在，我透过案山关的险峻读你
读上栗。透过李畋崇拜的习俗读你
读上栗。读懂上栗定有所成的信念
现在，我透过拱辰塔的文韵读你
读上栗。透过栗江书院的遗址读你
读上栗。读懂上栗知书达理的追求

面朝史籍的册页，抚摸上栗版图
掠过许真君，掠过夜空里绽放的花千树
掠过唐廪、刘凤诰，掠过李氏兄弟、喻宜萱
必须停下来，在烟花爆竹的硝烟味前踱步
必须停下来，在电子信息的现代感前体味
这是52万上栗人血脉里骄傲的底气

读懂这些，便读懂义无反顾决然的上栗
读懂这些，便读懂一往无前坚定的上栗

顺着锦溪漂行

这一次我们像古人一样水行缓慢
锦溪在另外的语境里被称为天成奇峡
水上的竹排精修涵养,比奇峡更舒缓更优雅
穿过一条河流的第一节到第九节

饱满的石崖壁多像光洁的额头
突兀的一支兰花开得孤单又清绝
裸身在水里的古木横陈于河道
立志将朽烂延缓再延缓

锦溪,清浅的水流有竹篙击打卵石之声
配上空山幽禅正适宜,空谷幽兰也可以
只要是类似的词语,类似的音乐名称
转弯处紧随身后的二号竹排传来人声
仿佛隔着小半个人间

落叶啊,落叶随落花吹到白衬衫上
我抬头便见石壁露出错落的三十个洞穴
黝黑处要有神秘的午风喷涌而出
幻想春季里两岸繁花点缀而绝不成片

虫蛰与鸟鸣真切又幽远

你想起前一日在慌张的国际消博会展馆
穿过重重围挡和安检的长尾蝶准确落于肩头
峡谷间走得久了,没人记得问起来路和归途
古树上攀缘的黝黑古藤布满灰白斑驳
这是每日往返于天上地下者烙下的邮戳

水的喧哗被发声者回吞,游鱼细瘦又灵动
与石上仅有狭长单叶的孑遗植物异曲同工
撑篙的人日复一日在两岸石崖撑出圆润的臼坑
你怀疑更高处崖上巨大的坑洞也是被长篙撑出
那古老的巨人素未谋面,他栽种了峡谷和水流

铁城七月

南武夷的七月末爱就爱得彻底：
长叶榧、石菖蒲，富有辨识度的九种虫鸣
富屯溪、紫云湖，云灵山下水声轰鸣的漂流

铁城，铁城掀开自己温柔的一面
掀开水秀与山青，掀开古老邵武的小名
在和平古镇，在明清老宅子的石雕细节处

跌宕起伏的山水如一座城市的今生与前世
嘉禾善长的坪地现在是和平，更有烟火气
天地肃然的军府现在是邵武，养育两千士子

其中的一些，尚武又崇文，经世济国
朝堂上领衔列队，商海里遍布蓬勃
这是南平的七月，也是铁城的七月

一群到访的人不经登记
便在老祠堂的前厅、旧书院的大堂喧哗探讨
直到穿过熙春公园抵达沧浪阁
伊人宛在的严羽依河而立，笑眯眯看着今人

七月末尾与南风相和的嚣声立即低了下来

再不谈羚羊挂角无迹可求
再不谈言有尽而意无穷
沧浪的源头是沧浪诸多的不确定性

安澜

在福建东部写下婉转的弯曲
木兰溪青葱又澄澈
她保持独身,保持入海的尊崇
也保持偶尔的暴脾气

晚归的渔舟见证一条河流之美
见证木兰溪从仙游出发
一路跌宕潮汐汊道,收纳龙塘
收纳中岳,溪口,龙华,仙水……
组成木兰溪,组成木兰的树枝

在树枝的黝黑与坚硬处
泛黄的历史留下疤痕与苦涩味
留下洪水泛滥咆哮的木兰
爱上母亲河的人也爱上无可奈何
遥望木兰陂、泉山渠,遥望国清塘
最终定格在新的生态修复与河道治理

水靖更要水净,河畅汇聚和畅
乘舟在水波不兴的木兰溪顺流而下

检视田畴与林木，检视碧波与青山
上个世纪末的汗水浇出新时代的美丽
木兰溪，删除洪水，删除肆掠，删除苦涩
现在，挑出安澜这个词语在莆田的大地安放
现在，莆田的水韵与大海的壮阔遥相呼应

寻吴

今日没有三千越甲,只有三百里吴风
我从吴头楚尾而来
到无锡寻吴,寻一个吴字的不同写法

奔江南而来的人不止我一个
更早以前有泰伯仲雍一路向南,在水边扎根开花
更早之前有会盟席上的寿梦肃立江南豪侠之风

如今吴侬软语与昆腔成为江南的标识
那么长久的日子里,与斜风细雨和流水相伴
夫差的江山曾留下青铜的重和绸缎的轻

泰伯的后人隐含仁让的遗存,他们关心渔猎农桑
关心糯软又恬淡的一日三餐
没有人为祖先的辞让而懊悔和不平

只有翻开线装国史逐一诵读关键词的人
才可以发现纵横的水道上舟楫隐含肃杀之阵
江南的陈酿没有消磨吴人的乘风破浪之心

微雨微山湖

有着灰褐色绒毛的水禽劈开水面
在水浸的荷叶边缘留下温柔的涟漪

更大的水禽密集发出机油味的低吼
像一个人一边咳嗽一边掀起浪花

我们坐着,看微雨在微山湖落下
三种程度不一的破坏很快被水面抚平

在水下更低处
看不见的幽深中
有更多粉色和青壮年的绿叶正在腐烂

一定还有什么东西在潜流
例如龙须修长的鲤鱼暗自攒劲
解构神秘者终有一天被神秘说服

有十六片花瓣的白荷反射银光
她在涨水三米的湖上恣意抽条
挣扎得比其他莲台都更努力一些

夜宿沂南

卧听铁轨撞击的声音远去,风声又模拟它
一个访祖先足迹的人沉溺于诸国疆域在齐鲁画图
第二日雨中迟迟醒来,火车晚点已十二个小时
友人在前方等我,反复确认年迈的火车步履
他身旁,有大马晃动脖子发出嘶鸣

在幻觉里接受一列铁马的位移
穿过一座城市又一座城市。手机定位却久在沂南
我怀疑自己这一觉睡得足够沉足够久
像当年为始皇帝养马的军健
他年老眼花,常从微盹中惊醒
守着养马岛的潮起潮落草木青葱不吭声

透过雨幕,崀崎山的道人抚平道袍一角的褶皱
坐在灰白色草木蒲团上继续闭目修真
他们不愿见孙百万的豪宅,也不欢迎我到山上吐纳
直到一声高亢的汽笛穿透车站
错过半个黑夜与整个白天的人从蒙山沂水中直起身

月光照亮采石矶

三十日，宁马高速的尽头是马鞍山
我已看过秦淮，看过阅江楼，今日住在采石矶
采石矶的石头嶙峋且瘦，也有草木装扮山岭
雨后的大江回归黄土色，有不停息的事物翻滚浮沉
陡峭的台阶上踢落碎石到崖下发出巨响
以此提醒自己，这五月的江南也有豪放之音

江南的马鞍山葱翠中掩映一抹灰白
那高冠长袂的人正在月下痛饮。月下的采石矶
风吹来便是仙气飘荡酒至微醺的年代
现在山风已起而月色尚未抵达
山间的细亭里我们停下，俯瞰伟大的长江
夕阳映照下它笼着复古的黛色，再不见浊浪翻滚

行程计划里，明日清早到博物馆里寻找马鞍山
寻找远离故乡却在姑孰蜕下衣冠的李太白
再往后就是芜湖了，就是浩荡的江风与大潮
今夜的日记里我尚未离开就开始回望
回望丹阳湖、牛渚矶，回望谢朓和李白的青山
在那里，有皎洁的月光照亮皎洁的故人

颂歌与致敬

一座山称量天地

世间有巨大的衡器精准计重
称量出尧舜禹留下的温度与厚度
它在称衡山,更是在称衡天地

层叠和褶皱的岩石将窄窄的海湾覆盖
也覆盖一次波动沿路路遇的一切沟壑
现在它已经有足够的高度接近星辰

接近白云深处对天之高地之厚的揣测
也接近江南性灵的极限。在二十八宿的指证下
衡量天地间的德性与万物,也权衡风云之变

一座山称量天地,在大地上站定
便也称量出了人心的微妙之美
称量出世间山水的极致刻度

曾登衡山

我记得曾带你在山顶遇雨
又裹紧租来的军大衣
那时云烟和雨雾缭绕又不细分
我们看着拥吻的情侣羡慕又胆怯
时间过去二十年我依旧记得
你往我肩上靠了一下又跳开
像衡山的苍翠隐现又被淡白遮蔽

我记得曾带你在南岳登山
炫耀典故像雄性的鸟雀亮出尾羽
那时年轻的人固执区分游览与朝拜
我们走过紫盖峰、回雁峰、祝融峰
走过天地间撑立的名山第六柱
在南岳古镇，水帘洞边，不记名的寺院与书院
登衡山的人有的匆忙有的从容也有的心藏小鹿

我记得有过那么一段丰盈的往事
也记得南岳衡山隐约之景
却不记得你的名字，不记得错身的人

汉画

将梦想与美好刻在石头上的人
没有留下名字,只留下的梦想与美好
在汉画馆,无数石头堆叠久远的死亡
也堆叠着世间全部的理想主义

多么勇敢啊,在坚硬的石头上刻画草木
刻画日月与星辰,刻画猛虎与勇士
并将这一整个天地长久地葬入黑暗
——直到南阳的大地被重新打开
隔着两千年,汉人的祥瑞之境终于抵达

现在我们来到南阳汉画馆,我们也是勇敢的
隔着栅栏逐一清点轮廓清晰的仙鹿与巨龙
清点一个朝代留下的流云与韵味
其中两扇巨大的石门上
有羽人与瑞兽,分别在投奔安稳与富足

月季

花瓣上沾染着细密的水珠
在深秋微雨后,黄颜色和红颜色都偏向粉色
这让人怜爱的月月红指向明确
指向千里之外赣西县城的绿化带
指向审美贫乏年代幼年人对美的向往
也指向龙背岭上孩子们书页里夹着花瓣的秘密

那时开花的野草太多,而手植观赏植物的太少
直到擅于繁衍的月季靠扦插占据庭院
缓解美色不足的焦灼,才完成一个村落的启蒙
溯着古老的玫瑰与蔷薇,溯着六千种月季之河
庭院里手植月季的外乡人抵达一种植物的核心
南阳的花海只有极其浅淡的清芬但满城弥漫

它们都有着羽状叶,四时开花而不断
我数不清不同花朵的繁复重瓣
只确信中原大地上开出的每一朵花都芬芳
中原大地上繁育的每一株苗都茁壮
它们都长着羽状叶,有时漂洋过海有时远走他乡
在那里——全中国的沃土养育月季也反哺种花的人

在医圣祠谒张仲景

张仲景命名了一个国度的药方
也命名着两千年后家乡的一百个药坊

在古老的凌霄腾下有人逐字逐句诵读出声
他在读往圣的生平也在读草木的慈悲之心

我从遥远的长沙郡循着太守的归途而来
又在急遽变化的医圣祠里被药香熏得微醺昏沉

世人都爱着施药祛疾治国治病的人
都爱着张仲景的仁术与仁心

在中医祖庭,我认出二十三种中草药
却不敢大声喊出它们的名姓

其中有些高大,有些矮小
我相信它们都曾被仲景的目光长久凝视

都浸染草木的清香也浸出中药的苦寒
面朝人间的伤寒,有着舍身瓦罐的温柔

橘花馥郁

遥远处铺陈的薄雪
与低头轻嗅的馥郁有着共同的指向
世间的柑橘科植物都怕冷又随和
与表亲有着足够的亲和度

而南丰的蜜橘为世界贡献多汁的甜蜜
在十月打着整齐的橙红色灯盏
这大地上亮着的灯光和睁着的眼睛
与春节里高悬的灯笼高度类似

四月之初,橘花未曾开过
世间的花事便不能说盛极转衰
古老的橘花馥郁了整片整片的春风
古老的橘颂馥郁了整本整本的古籍

古老的柑橘在南丰准备婚事
准备嫁接与联姻,持续育出新芽
从此水果谱系中固化了中国元素
也增添了中国风格与中国滋味

橘花开,橘花笑出浅钟形的花萼
每一朵都有着五枚花瓣,妩媚又浓烈
在橘都馥郁一家一户日常的丰盈
也馥郁大半个中国的小半个春天

在洽湾船形古镇

水鸟先于我们到达
有木纹的旧舟船先于我们到达
在古镇的对面,隔着河流
高大的树木枯死又在春天长出新芽

在洽湾,船形的大地长出民居
也长出向水扬帆的原初意志
古朴的石墙犹如船舷颜色灰黑
它在蓄力也在蓄势,整装待发

春天的绣球在老宅子的屋檐下含苞
一个古镇被翻新又绝不是翻新
多年生的草本植物在宿根上抽枝拔节
它的生命中定然有古旧也有簇新一面

像洽湾船形古镇,在入口处
怀揣着小半截的旧心事竖起木桅杆

颂歌与致敬

太和龟鳖

水塘边缘斜坡上晒背甲的团鱼不欢迎我
池水中央探着头呼吸观察的乌龟不欢迎我
它们一哄而散，躲进水深处平复情绪
又小心翼翼爬出水面观察我们这群不速之客

我想起幼年时的一天，邻居持古老的药方
从南丰运回小半车长着硬甲壳的龟鳖准备制胶
蛇皮袋打开之后满屋子乌龟迈着小短腿爬行
其中一只沿木门槛爬到我赤裸的脚背上一动不动

而太和镇的渔民只养有脚无鳍的鱼
春天过后便在沙子中找一窝一窝的金子
请相信，坚硬又长寿的甲鱼善于跋涉
它们迈着年幼的小短腿向着整个国度旅行和繁衍

春天的下午，一个与龟鳖私交甚笃的人绕过大棚
到温热的水池边独自查看两栖动物的蛛丝马迹
他熟知甲鱼的五种不同名姓，并用方言喊出它们
他相信太和的高山深涧里有万年的灵性负重而行

南丰傩

需要苍茫又厚重的云天作为背景
需要粗粝又黝黑的石殿作为背景
一段傩事，一场傩仪，一阕傩舞与傩戏
便可借此拉开厚重的帷幕与景深

那些笑着的哭着的沉重的轻松的面具
界定庸碌的凡尘与超然的神性
南丰的祖先用古老又朴素的面具覆盖
覆盖也是对古老又朴素的人间的沟通

南丰归来，神秘的事物穿越千年发生勾连
有傩傩之音在遥远的旷野和丛林回响
篝火摇曳的春风里苍凉的呼唤如同暗语
拙于言辞的人向天地万物宣告自己的存在

颂歌与致敬

春深问子固

子固写平实的文字也讲日常的道理
他语调舒缓,在读书岩与你对视和交谈
隔着三百里路程和一千个春天
一个后来者透过纪念馆来看曾巩

春又深了,城南的柳条摇曳又飞花
西楼卷帘看海的人看见急雨遮蔽群山
在古人留下体温的土地上
依旧有千古的风流和沉重氤氲而不散

从斑驳的石板路上走过,墙上的文字
书写南丰先生也书写他的同辈师友
南丰先生后来人称文定,水之江汉星之斗

挺拔的古树下,我们就春天向子固借问
我们在春天举杯但不斟酒,沉醉于醇儒
我们举杯但不斟酒,将整个春天敬给子固

青铜印记

古老的铜，泛绿的铜，散发幽光的铜
坚硬的铜，神秘的铜，传承有序的铜

老龙头吐出繁复的喟叹也吐出青铜的大观
古蜀文明的丛林里长满盐源的青铜枝形器

沿着古老的山道，一些人由南向北一些人正相反
一些人从山林深处走出一些人从新兴的城池走出
我们共同在盐源交汇，举杯，以青铜的酒器

时至今日我依旧相信，不是青铜的硬度让它不朽
是文明的温度让深藏于地下的青铜闪耀光芒
也让戴眼镜着布衣的男人面朝多元杂糅的青铜
点亮印记鲜明的秘密，刻下热血沸腾的神往

在黄河的顶端

在黄河的顶端,已经有水泽潜伏在草木的根系
潜伏在高原的积雪和戈壁的苍黄深处
渴饮黄河水的人相信青海的大地比别的地方更厚一些

在青海,将与黄河有关的黄定义为暖色
将与黄土有关的黄定义为暖色
暖色调的家园里拼尽全力长出土豆麦子和青稞
养活这片土地上生存的每一个人和畜禽

青藏高原里长成的语言拥有石头质地的音调
它们的苍黄与豪迈也是暖色的
只有山坡上漫步的牛羊和扎根的植物听得懂
……这就足够了,暖色调的天地和言语
让山水人心都感觉辽阔的酣畅

沿着黄河顶端,沿着大地的脉搏往下蜿蜒
不同服饰的人们轻声交谈、耕作、交换、繁衍
在同一片高原同一条河流的养育下友善相待
傍晚想到一个词语的出处便立刻翻身上马
从石头的城堡里出来再次进入石头的空洞
将荒凉的戈壁抛弃在身后,回到天地玄黄的黄

色彩：蓝

在三江源，蓝色的眸子水灵
青海湖的蓝色有五种，它使一行水鸟变得生动
我唯一的喧哗在天和水相融的色泽中成为杂色

在青藏高原，万物彼此依存又各得其所
像一滴水从遥远的山顶滑落又汇入白色的喧腾
奔赴大地、大湖、大海，润泽大半个中国

途中消失的那些流水，喂养沿途草木的血管
也喂养沿途动物的脾胃
也有一些回到山顶和天上，回到天地的一部分

途中消失的那些人们，迷失在五光十色之中
也迷失在失去纯净的幽蓝里
也有一些迷失于得意和失意，迷失于红尘的一部分

只有几条大江的源头，始终保持纯蓝的青海
几千年变幻模样，不断长出新的动物和植物
却一直对多样的色彩和呼吸一视同仁，目光澄澈

盐源的花椒

在高处,靠得太近的太阳晒红了花椒
也晒红了苹果,晒硬了核桃并雕出沟壑
晒出一个古老的县城产业振兴的新希望

真美啊,从盐的边缘到盐的源头
奇峰异石让一座山峰定义雌雄公母
到过泸沽湖才可以确认到过中国的乡村之美

我还是要回到花椒,回到长刺的芸香科小乔木
四月开花十月结果,秋天里采摘辛辣又让人
欲罢不能的果实

花椒从喜马拉雅山脉前行,在盐源繁衍盈升
为人间温中燥湿、散寒止痛、止呕止泻
也为人间准备疗愈内心之疾与口味之患

今天,小盏小盏的灯笼簇拥在一起
那深红的摇曳有时绰约有时醒目
定将照亮盐源乡村的欣荣之路

源头

为一条古老的河流寻找源头
也寻找高原腹地河流密集的地方
那时格尔木也叫噶尔穆,叫高鲁木斯
所有神话的源头都来自昆仑山
大地上躺下的树木,主干往上的枝丫也都如此
在格尔木,二十多条枝丫都有自己的名姓:
格尔木河、沱沱河、尕尔曲河、当曲河……
其中一些指向通天,另外一些流向长江

越过盆地与高原,越过雪山与冰川
格尔木在青海的西部长出沙漠里的森林
又以瀚海日出匮乏每一个外来者的惊叹词
这世间美好的事物也可以溯流到大河的源头
从昆仑山下涓滴成流的湿地出发
途中消失的那些流水都在喂养沿途草木与动物
也有一些回到山顶和天上,回到天地的一部分
这长江源头的格尔木,同时喂养红尘的肉身与性情

颂歌与致敬

昆仑

选择合适的词语来描述昆仑
描述整个民族仰望的姿势

在昆仑山,雪是神秘的故事也是探秘的路障
所有抵达者终将震撼于昆仑雪景
像一个读古书的人终将凝视神圣的昆仑

格尔木的自然户口簿上骄傲的名字依次排开
布喀达板峰、沙松乌拉山、马兰山、唐格乌拉山……
另外一些作为屏障也作为青海与西藏的分水岭——
乌兰乌拉山、祖尔肯乌拉山、各拉丹冬、小唐古拉山

这些山峰作为大昆仑的一部分也压着文化的秤砣
读出他们的名姓,也同时读出了格尔木的厚重
读出一个民族古老的骄傲与向往
万山之祖的昆仑墟是世间所有山岭的领袖
读懂昆仑的人才能读懂古老神话与基因里神圣的编码

格尔木与柴达木

是地理名词更是文化名词
柴达木：一个地质学上的盆地
一个积蕴西部旷达之气的盆地
暂时忘记以液体与气体形式存在的火焰
我学会用唇形不圆的方式发音：
雅丹或者陡峭的小丘——天造地设之美
它的发音是轻柔的
如同我的第一次抵达
在浅红色的沙土面前站立，不敢出声
我看见骆驼和鲸鱼从南八仙的土墩中浮现
看见宝塔轻舟从一里坪的土墩中浮现
看见雄浑包裹柴达木并进一步弥漫格尔木
天上人间的柴达木只是格尔木的一部分
天上人间的格尔木也只是柴达木的一部分
让永不停歇的风成为信使或者翻译
让一次又一次的震撼
填满每一个路过者经年的回忆

颂歌与致敬

七十岁的格尔木

年轻的格尔木也由古老而来
他见过那个通达西域的张骞在羌中道上
见过诸羌的统一，面朝遥远的中原王朝
也有断续的割据
能够熟练吐出时间词：汉晋唐元明清……

年轻的格尔木在 70 年前走向新生也开启新篇
再往后格尔木的名姓日渐清晰并写在纸上刻在石上
作为县域的格尔木坐标指向西部，指向枢纽和要塞
现在他是十个孩子的父亲，三十万名字的集合

天然气，新能源……年轻的格尔木向太阳索取财富
湿地如大地上眸子明丽，生态的格尔木是自然的屏障
七十年前也有昆仑丘，也有瑶池与胡杨，戈壁荒凉
那时不知道青藏铁路，农业公园，不知道风光水储
那时格尔木的盐卤也没有如今这么白净这么珍贵

七十岁的格尔木在高原上和山水草木美美与共
不同血脉基因的人群与高原上珍稀的兽禽眼神同样灵动
只有人心深处的底片可以显影和对照
见证格尔木七十年向更高更美处走出七十个脚印

第三辑　华夏四季

——四季轮转中寻找中华的温度

华夏的温度在二十四节气里活着
怀揣一个季节的诗意便怀揣着古老的国度

起诉春天

用力吹,将羊皮筏子吹得饱满
我们穿过冰凌尚未解开的黄河
穿过沙尘和苯污染
和一个西部老城的芸芸众生一起
咬牙切齿地起诉春天
我们穿过暗藏着千疮百孔的街头
向着国徽下的一架天平递交诉状
起诉:春天辜负了 370 万人的期待
老城的春天值得 370 万人痛恨
老城的春天与金子的珍贵毫无关联
美好美丽美妙这些词语反复潜逃
剩下这里时常污染的水
以及灰黄色天空里喊不出的话
或看不清楚一条路的方向
提交证据——尸位素餐者、小人和暴君

春天的老城更让你想起天下黄河第一桥
想起来自几百年前老工匠的执着和严谨
而现在老城的春天粗犷
让人想要起诉它:不像一场春天的模样

后知后觉者并不能发现这些
他们在铁钉扎脚后三天才感觉到疼
在最拥堵的路上让车辆生根发芽
蜗牛般大口大口呼吸尾气
与祖国的各地同样：清晨里花朵醒得最早
她们排队穿过老城
像一条黄河穿城而过
在牛肉面的芳香里模拟春天或庸俗的未来
对春天的起诉只是一场中年人的仪式
总有新鲜的孩子加入废墟上的建设之中
爱着老城的人们任何时候都爱
爱着老城的人们期待判决：重建一场春天
而起诉春天的人
如今已得到美丽而翠绿的回应

三月到来我的桃花还不开

梨花开,杏花开,桃花开
三月到来我种下的桃花还不开
十二月的睡眠太深
它至今不愿醒来

我绕着不开花的一棵树不说话
我绕着不开花的三棵树看叶芽
我绕着不开花的九棵树找原因
最后我确信我的桃花没有虫病,枯死
最后我在凌晨听到桃树的呼吸才明白
同样是桃花,也有的积极有的慵懒
不是所有的花都在往三月的最开始赶
不是所有的桃花都在时间里争前恐后

立春是个隐喻

立春是个隐喻
冬天里埋下的一捆捆文字
准备一次蜷曲的试探
周而复始的季节开始轮回
放下一点什么才能出发
放下一点什么才能萌芽
昨夜临睡前确认三遍
褐色的枝条保持褐色
清晨里却发现晕染着浅绿
一定有什么是被疏漏了的
你防着气温和春风染绿草木
却忘了封闭由内而生渗出的灵魂

为春天定义

三月的夜空应该有一轮淡淡的月亮
被风吹得若隐若现
这只是我的想法,我站在南坡的石崖前
为春天定义,也为冷硬的内心素描

太难得了,冷冽的树木落下晶莹的碎玉
那满地的冰凌骤雨般沙沙铺撒了一地
五个日夜的冻雨过后
常绿的草木继续常绿,落叶的乔木引而不发

至此,至雨水过后春月初圆,春天才被正式定义
被绯樱与早开的辛夷固定证据
此时勤劳的人和悠闲的人有了相同的选择
在变软的世界里做一点符合春天定义的事情

为春风着迷

为春风着迷
实际是为无处不在的温柔着迷
温柔包裹着你
从你的前后左右呈送春天的贡物

我们为细小的事物欢喜也为细小的理由吵架
只有春风可以吹散迷雾让我们和解
流云啊,顺滑又易变的流云是天空的装饰
它向为春风着迷的人预演天地的清明

春风在路上跑着
一路留情又不斩钉截铁
现在湿润的一切都暗怀心事,其中一些野心膨胀
等待春风将自己揽入怀中恣意抱紧

将属于春天的六个节气逐一呢喃吐出
为春风着迷的人最终得到了回报
满山满野的鹅黄与浅绿
包围并安慰了老院子里新近学会发呆的人

春天里为着笨拙和羞怯伤神

立春了
我打算停止写诗开始跑步
一路上遇见的人都在努力锻炼
我还没有学会走夜路

立春了
我想要先吐一两片叶子
公园里胖瘦歪斜的枝条都已开花
而我花期未定

这是春天里需要反复斟酌的心事
一个人在为他的笨拙和羞怯伤神

钻木取火

在春天里钻木取火
在春天的青葱里钻木取火
在青葱的潮湿里钻木取火

我有细细的心思如绒毛
等待持久不息的热情来点燃
宏大的词语让墙壁泪流满面

总会有一些物事在固执地活着
三月的决绝不留中间地带也决不
和稀泥,决不放弃和妥协

在春天里钻木取火的人甘苦自知
用细细的心思如绒毛接受持久研磨与撞击
直到蓬松的火苗在春天里凝固又蓬起

发芽的春天

春天从北方而来
绕过半个地球在江南发芽
现在发芽的春天从你眼角漫洇
——层层浸过渠岸、梯田与山顶

发芽的春天总是在意想不到的坚硬处
拱起坟墓般的凸起又抚平
只有这种时刻,强大的禁锢才是失效的
让人又一次相信童话般的平等和奇迹

也有一些桃花桩开出桃花
倒伏的椴树与泡桐长满偷听心事的耳朵
也有枝头鼓胀的愤怒不知所以
总有一天,这发芽的事物将长大又衰老

没关系,沉闷的季节已经被咬了一个洞
像初生的禽类幼崽啄破了蛋壳
春天从遥远的地方来,有时也土生土长
所有发芽的事物都爱上惊蛰并被雷光惊醒

构建春天

摇曳的草木之影疏朗地印在墙面
在作为背景的音乐里完成半个繁复的春天
完成花香,暖风,完成虫鸟之鸣
蜷在书房的人在初晴之日自己构建了春天
构建了自己的一整趟旅程

在这被构建出来的春天深处
石崖上被人刻着警示之语深沉又任性——
看花的人,请准时抵达
春天和他衍生的一切都有傲骨
他在田野高山和虚空里都不等你

此时双脚被低矮的草木之香托举
新而嫩的柔软不被文字构建的春天所囊括

在春天过日子

过日子，过忧伤或美好的每一天
过一年四季。更喜欢过春天

一朵花就怀抱了整个春天
那细长的花蕊是季节探入人间的触须
夹带着粉绒绒的细节如微尘却无比重要

春分过了，过日子的人在山丘胡乱走着
红橡树依旧捂紧自己满头枯发不放
它不愿意两手空空迎接新叶的萌发
春天里的每一种动物和植物都善于谋划日子

接下来我们说花海，花的河流
茹涵四岁，一边疑惑花为什么可以说成海洋
一边指着前方：看，野花的河流
野花的河流一路伴随着我们过日子
陪伴着我们走进锦缎般的野山坡

相同的春天

雨后的槐花有着一长串低垂的羞怯
你只爱上嗅青梅的女子
她有狡黠又纯真的步履和低头

草地上开满了白花地丁和紫花地丁
地丁们贴着泥土走路
不欢迎脚步沉重的人停留

刚刚走过的坡地上,有人拾掇离枝的茶梅
以细密的青草为背景摆出完美的心形
每一段线条都自然,每一朵落花都完整
那稍微褪色的朱红与碧绿的草坪天然搭配

我拍下水池边缘密集的蝌蚪和清风
连同一路的花和草转发给你却不加按语
你告诉我,拥有相同的春天和慵懒
我确知古往今来的春天都拥有相同的表达

没有谁可以写尽人间之美

美好的物事太多了
萌芽之草,初开之花,长发顺直的女子
在这春天里,人浮于事
美好又浮于人群

这周而复始的春天
已惯于使用铺陈、叠词、互文……
堆积了太多不被约束的温凉物事
叫人陶醉又心疼

周而复始的春天总被人写滥又奇峰突起
没有谁可以预测下一片蓬勃的惊喜
没有谁可以写尽春天和人间之美
只有这轮转的季节让人失态一次次吐息

颂歌与致敬

五月

我们选五月开初的时光
选雄壮的汉子和阳刚的力量
向一切邪祟的魔障说不
丛林的山野的城市的魑魅魍魉
今天,我们将——打破

漫长的河道上划破水的皮肤
用五月的火热和鼓点的壮烈
将沉睡的血液叫醒
最激越的水流,让流汗者一路向前
向着干净、炽热的阳光行进

端阳

用端阳的俗语代替端午
这是我所愿意做的事情
林下的草木笔直自己的腰身
像遥远的侠客在繁密的树叶罅隙里
接收到一阵江湖风与太阳光

现在地气升腾,人间回复应有之态
正气与阳气指向苍穹绝不疲软
邪气与阴气回归暗处毫无二心
泛黄的中医册页却有着遍布人群的功德
扶正祛邪的草药每一味都深入人心

深入好人家的厅堂与厨房
像古老的门神守卫门户双目如电
有人侧身躲闪有人亲近又深爱
这人间真好啊,阳刚的事物让人硌牙碰壁
也让端阳佳节拥有峥嵘之角

原来,曾被忽略的一切都在潜滋暗长
原来,曾经卑微匍匐的事物终将挺拔

腊八

岁终之月称为腊
以腊为接,新春不远处等待交替
我们猎兽、祭祀遥远的祖先
我们逐疫、打扫安康的明天
有佛陀成道,有世人惦念一口美食
更多的人只为多卖出几斤大米小米

如果能够从商业的迷宫走出
看透迷雾般的节日:圣诞、情人节……
你和我,才能找到腊八祭、王侯腊……
找到对美好虔诚的祈愿
好吧,打扫好前路的灰尘
喝完这碗腊八粥
我们各自准备迎接超出预期的温暖

绑架

司春者比司雨者有更多拥趸
吵闹的花海绑架了阳光
这四月的天气终于不得不晴
不得不满足一大群脚步的念叨
在高楼上被雨水围困一个月的人
有的赶上春天的开始有的抓住春天的尾巴

都没问题,从六个节气中任何一个切入
都能抵达春天的内核
长期板着脸生活的人
也想勇敢地犯一回罪
有密集的紫云英作为帮凶
你可以大胆绑架春天
绑架春光里难得的明媚躲回书房里待价而沽

秋天将来

世界依旧是浓绿的
草木保持葳蕤和勃发
你看到天地间万事万物保持原状
依旧为难以忍受的酷热发出抱怨

七月里,秋天将来
睁大眼睛的人们发现不了它
发现不了夏天已经离开
高温和烈日遮蔽了事实
遮蔽了一座城市的季节变换

但草丛间的小动物知道这个秘密
虫豸很多时候比人类更为强大
它们才是这世间真正的主人
秋天将来,强大的事物毫无征兆
只有半夜里触摸石阶
清晨里触摸溪水的指尖有所心动

樱花捧起一条河流

春夜的辛夷和樱花树下
月亮洁白如雪
这让你保持高度警惕
太祥和的氛围反叫人不安
仿佛一不注意
月色里的芬芳就将把你融化
小轩窗外有人着粉色的裙衫独立
在黑暗里隐遁身形是容易的
每一株草木都关联爱恨情仇
你依旧为花木的美好隐约担忧
思考两千年的植物
如何从喜马拉雅山走到现在
在花气袭人里保持江湖的清明
保持对美好词语的一场浩大颠覆
三月深处,两岸樱花捧起一条河流

秩序

三百种草木遵守秩序
第一天早上安排十九种发芽
中午二十种,傍晚的数目是十三
第二天萌芽的继续萌芽
轮到开花的共六种
第三天抽蔓的那一部分开始加入
这慌乱的春天始终秩序井然
等待一个与草木交谈的人逐一审视
——没有谁抢占谁的名额
没有谁彻底盖过谁的美丽

铺陈

这满山的云霞等待认领
等待对世界保持好奇之心者逐一命名

四月的杜鹃不啼血,只将人间照亮
天气若清明,广寒寨离月亮就近
广寒寨的映山红离月亮就近
早间七点到来已经太晚
更好的时间在深夜,中国红正吐纳

为满山的杜鹃写一阕歌
为湘东山水的故事准备九个版本
在此之前,三万株草木含苞吐蕊
三百种花卉的名字渐次点亮
菜花、桃花、梨花、桐花
而我更爱着野生野长的那一部分
透出天地本真的毓秀和光芒

现在,站在高处的人痛恨还不够高
不足以将这十万里江山遍览
经过长时间的铺陈

深山深处的映山红给春天的末尾
排练了足够精彩的压轴之作

立夏

深山闻鹧鸪也闻小兽慌乱的爱情
夏天即将开始却并未到来
远远的蹄踏之声给人错觉又让人紧张
蝼蛄嘶鸣怯场于鸟雀啼鸣
世间的草木都在铺张浓绿
贪恋温柔的人,你的春天尚未走远
开过的花依旧美着
吹过的风依旧软着
热切的日子即将和你拥抱
潮热的土地上蘑菇如同村庄的耳朵
偷听一些什么又迅即将它遮蔽
等待身着细花衣的少女前往采摘
她那雀跃的天真让春天的末尾美出新的高度

小满

丰盈的雨水向土地表达满足
草木丛生处蔷薇有的挺拔有的攀爬
夏熟作物花朵稀疏,回报以饱满的籽粒
少年人,长翅膀的软体动物都在经历嬗变
你所欢喜的一切终将在葱翠中呈现

露水时常打湿割猪草的人
枇杷适宜疗愈深夜里断续的咳嗽
也疗愈温软的相思
时节正好,将满未满的情感
像葵花忸怩于小满的阳光

芒种

山坡上尖锐的麦芒向夕阳致敬并反射沉郁之光
头戴柳枝帽的人在河堤上雀跃
夏天往深处行走,耘田的父辈弯下腰又直起
忙于种植庄稼的人也在种植水面倒映的天空
星光垂落的草本刺莓尝一口便有久违的酸涩
像晚风过后小路上走着的情侣不时闹出别扭

酸是节令的主题词——杨梅将熟未熟
白鹭如白雪点缀着山水,消解了暑热
在另一条路上,开满红花的酢浆草清芬又酸甜
席地而卧的人梦醒之后白衣衫上有浅浅的印记
那青色的纹路多像长有四个叶片的小小风车

夏至

拥有极致的白昼
拥有冗长的热烈
陌生的朋友,我愿你凉风拂面纸扇翩翩

童年层叠的午后,有着同样光滑毛发的猫犬相互依偎
南瓜棚架下趴着,看开花的喇叭如同曼陀罗般迷离
而石榴花一出世便拥有饱满的葫芦

细碎的植物张扬着极致的蓬勃
该来的一切都已到来并被承受
相信人到中年的独木桥仍可渡孤绝者过沟壑

瘠薄的坡地上,半夏伸长它孤独的叶片
只有草药般的生命才能理解夏至
理解果木催熟的凌云之心

小暑

搬一张竹床在星光下纳凉
月若明,便与溪涧的水声达成共振
越过微风摇动的竹林和木窗
长着墨绿条纹的西瓜从古井深处沿绳而上
提篮的书生暂时忘记了线装书和颜如玉

天空高且蓝,只有云朵足够白足够蓬松
这是定格于小暑薄暮的画面
更早一些时候,看荷花的人
走着走着便丢失在了莲香深处
需要一阵剧烈的蛙鸣将他找出来

大暑

流萤擎举着小小的灯笼
轻罗小扇是诗中的人也是画中的人
葡萄不配美酒,配冰镇的清凉对抗变老的故事
一场大雨扑棱棱下了短暂的时间就骤然停下
亲手种出的稻谷现在正可收割尝新

没有谁记得提醒你,过了大暑
这一年的时岁便过了一半
湿热的地气蒸郁出泥土的芬芳
屋檐下粗大的雨滴激发水泡鼓起半圆穹顶又破裂
属于我的大暑被留在三十年前的乡村

那时凤仙花曾日常滋养着邻家少女的指甲
它们花朵如蝴蝶,果实却有着玉碎的决绝
那时薄雾不曾失楼台
翠微的旧山岭下我们无畏又青葱

等雪，或兴奋的一种

多年无雪的小城有多么渴望寒冷
降温的预报比寒流扩散得更快
即将下雪的兴奋从九天之前开始
充斥一切私人的公众的表达空间
这是男人对女人的兴奋
雄性动物对雌性动物的兴奋
一个南方小城等雪的兴奋

所有夸张的出格的反应过度的表达
都应该被宽容，理解，相安无事
如果不将记忆翻回五年再往前
年年几场大雪的日常小景
这种疯狂应对也可以说是正常的
如果不计较迁延多日后仅是象征性
三点五点零星雪籽敷衍期待
这种虔诚等待也可以说是值得的

冬天里

向远行不返的秋天悄悄检视
今年种下的绣球花没有开出绣球
放养的池塘鱼虾肥美等待盘点
如此也算不辜负板着脸的年岁

冬天里,我们向灶膛献祭木柴
等神秘的存在赐下光明与温暖
类似的交换也实现于南山之谷
雪白的油茶花对等勾兑出了蓬松之雪

仿佛旧时在收割后的稻田追捕田鼠
仿佛雪天下河捞沙的惩罚发生在昨天
整个龙背岭弥漫油炸薯片的浓香
这冬天里应该发生的一切都在继续

我们装聋作哑
让偷渡的冬天保持丰腴免于偷工减料

又一次立秋

一次又一次立秋
这一次,我们迟迟不拆开秋天的快递
不接收风和雨,不接收已成熟的一切

在我老屋的左邻右舍
村民们捧出种子
正在准备新一轮的种植
秋天那么繁忙,没有理由让土地闲着

颂歌与致敬

我们只叫她春天

三月曾私赠我以紫花地丁
黄花草，紫云英，赠我小半个春天
我怀揣着她们在风里一遍遍过石桥
——过门口古旧的石桥就是过日子：
上学，捞鱼，打闹，学大人劳作
在春天里，不下雨的天气都是好日子
下雨的天气也是
那时我们摇落梨花
或是在桃树下席地浅睡
那时天地清明，芳香四溢
我们不知道无处不在的花鸟芬芳是诗意
是美好，是图画
我们只叫她春天，叫她一日三餐村居日常

惊蛰将至

峡谷间有不在人间者点燃了炊烟
看不清的苍茫处,我称为远方
远方有早春里被混淆的云与烟和雾
——没有人追问云雾的根在哪里

而春天的根须在地表浅处密布
像冬捕时蓄势待发的大网
等待一声令下,将三月打捞出来
蒲公英和野荠菜有的长有的短

惊蛰将至
懵懂的山野间爱情即将发生

柳色

柳色与春色有染,有的早一点有的迟一些
烟雨却不顾及迟早,它奔着染绿的人间而来
不曾招呼却又是如约而至

湖面太平静了,缺少了一点什么
缺少了一叶小舟
如果无法添加,那就用烟雨来遮盖和掩饰

人间的雨水从上古一直下到今天
天上的太阳同样如此,被移栽的树木呢?
他们对时间有着与你截然不同的认知

只有风持续吹着,瀑布般的垂柳适宜小景深
适宜以柳色这个名词出现在模糊背景中
而近景应该有穿汉服的少女侧身浅笑含而不露

第四辑　时代旋律

——不同的时代有着相同的红色与热切

遗传着红色基因的人
为新时代的亮色注脚平仄

我的欢喜还在

镰刀不在了,犁铧不在了
耕牛和扁担都不在了
我的乡愁还在
谷箩不在原地等我,锄头不在原地等我
车水的水车和打谷的禾桶不在原地等我
我的欢喜还在

我不老眼昏花
我的田地里依旧种植水稻和庄稼
稻花香里,耕地机突突突开走
收割机正在咿呀呀蓄势
我的村子夜夜路灯高悬而不熄
幼时深植于黑暗的妖鬼有梅花型的脚印

如今明亮的夜里有新的故事
我的村子失去了一些诗意又长出
另外一些诗意
我曾害怕弯腰插秧之苦、踉跄泥泞之苦
现在要到记忆里搜寻它们
搜寻死去已久的故人

颂歌与致敬

九月断章

写下粉笔灰与灰白的头发浑然一体
写下昏暗灯盏下佝偻的身体与老眼模糊
又触电般删除
我不再用旧词作文
电脑、App、心理学、工具与素养
同一个职业并不重演旧剧本的场景与戏份
再到何处找指甲盖擦过黑板刺耳的吱吱声
幸好，园丁、蜡烛、汗水与爱心
这些词语在不同时间里有相同功效
我欢喜于批改作业的女教师长发乌黑
像英语作业上连贯的红钩一样滑润

贴地飞行

马厩里棕色马有着硬长的鬃毛
木板床上的行客抬头看着屋顶和窗
南来北往的记忆不漏雨却漏风

如今阡陌已成坦途
茅舍三两家,在坚硬的庞然大物前黯然失色
黄花驿、宣风驿、爱直驿……
古诗里的驿站只留下空名

驿丞用褪色的黑布打好包袱,二两碎银裹在深处
穿过整个中国不再靠疾蹄颠簸
——行尽江南只半日,从此京沪可乘风
我遗憾于高铁替代驿马
更兴奋于疾风裹着旅行者贴地飞行

茅檐滴雨

雨打芭蕉,茅檐下滴出古诗
茅檐,可是茅檐躲在纸上

沿着一条河流行走三十六天
一路上树梢漏出些红顶灰墙的
灰顶白墙的,蓝顶红墙的房子

我找不到茅檐,土墙,瓦顶
找不到夯土的号子滴水的清音
找不到旧书里的诗意
怀旧感在镜头里走失

只有钢筋水泥的,造型各异的
色彩纷呈的——屋子,宅子,家
老人站在自家新房前看泥水匠贴瓷砖
与住过的茅屋比,这颜色真硬真俗真杂乱
但他笑容藏在褶皱里,真心欢喜

山村里的环卫工

早起集肥的人……
我终没能忍住这个短语：拾粪的人
多好！幼年的口头语现在已成绝版词

新风景与此稍有关联又相去甚远
屋檐下三色的塑料桶提醒日常生活
山村里的环卫工人驾三轮、上早班

我追踪他皮带上廉价的挂腰音响和《渔舟唱晚》
将路灯未熄的柏油路细致清扫
顺便收集一家一户的垃圾转运到山外

幼时扫地须避开漏雨处的泥泞
厅堂里的泥巴地上小心避让鸡鸭粪
现在老母亲每天拖一次地，在光滑的地板上

长满野花野草的荒坡也种植整齐的花木
晒谷的坪地变身土生土长的花园
它们与山村里的环卫工人有类似的制服

我只写一座小城的沿河所见

我只写一座小城的其中一条河流
更大范围的祖国,用于反三,作为外延

石砌的担水埠、洗衣埠青苔蔓延
自来水与洗衣机消解了诗意更消解了辛劳

翘角的宗祠、庙宇人来人往
民俗馆、新书屋、草药铺立足意料之外的地方

这令人惊叹的华堂不是祝语,依山傍水
在一条河流的两岸反复入镜

固执者抱憾于古石桥的寂寥破坏殆尽
欣喜者执着于繁密的新桥在河上结网

在水边蹲下,透过桥拱看远处高架上铁马飞驰
焕发新颜的世界并不仅限于此

一座小城的其中一条河流沿岸很小
更大范围的祖国是外延,适合见大

我是你的少年

我是你的少年啊
一点点长大,一点点用力
接过前行者手中的旗帜
撑得越来越高越来越鲜艳
我是你的梦想啊
一点点成长,一点点圆满
在故事的延续里传承信仰
步履越来越坚定越来越明确

我是你九千万人之中的一个
我是澎湃黄河中汇聚的一滴水
不管关山阻隔,蜿蜒迢递
只奔着同一个方向同一片大海
我是你百年来养育的又一批子弟
从少年到老年,传承你的血脉与基因
从山腰起步,奔着更高更远的方向
承载父辈的使命,继续你的攀登你的荣光

火种

我们先说煤炭,说深藏于地下的温暖和力量
我们先说安源,说蜿蜒于大地的铁路和远方
一个孩子路过安源矿,见证黑暗中取出火种
见证充满阳刚的人将坚硬的黑暗一寸一寸咬下来
手持油纸伞的人从湖南走来,探亲
教书的先生姓李,乘火车而来
新来的少奇先生适宜站到前台代表工人去说话

1922年的故事早已酝酿、构思、起草
惯作牛马者,现在要做人!
开火车的人停下火车,持风镐的人放下风镐
喘口气。罢工,罢工
一块焦煤在安源缓慢苏醒,被掏空的生活不忍触摸
一些光芒的内核即将从黑的深处被取出
抱团取暖的安源发出惊天动地的呐喊
长久为世界贡献温暖的人今天将点燃更多的热量

一个孩子为辛劳的父亲喊话
劳累半生的男人为家人喊话:
我们要更多的自由和尊严!
我们,要让阳光下闪烁红色的光芒……

交谈

我知道你从哪里来
黄土高原窑洞的深处
我知道你从哪里来
井冈山上向阳的山坡
我知道你从哪里来
安源风雷曾是革命者最初的起舞
我知道你从哪里来
上海制造嘉兴启航的梦想破浪斩波

我知道你从哪里来
大地上的人家都有你的脚印你的寄托
我知道你从哪里来
家家户户的儿郎都是你的侧影
家家户户的忧思里都有你在奔忙
家家户户的幸福梦
都是你此生不变的求索

红土地　红土地

在瓦窑堡一静下来就听到唢呐
在窑洞外的院子里悠远地吹
从遥远的安源出发，途经井冈山
抵达陕北，抵达子长的人
对故居的温度葆有敏锐的触觉
每一个故居都能看出指点江山的剪影
而当年的会场如今尘埃不染
通读完一长段历史，1921年到1936年
中间隔着风沙，隔着旌旗猎猎

现在你终于明白，红土地上飘红旗
黄土地上也飘红旗
飘着红旗的子长，土地也成了红色
飘着红旗的子长，名字也誉称红都
秀延河的水也知道聚拢每一条沟壑之流
抱团的力量才能走出陕北
更远处，更热烈的太阳正在东方

为延河写一首诗

浩浩汤汤的延河
写下这句话,突然有些心虚
面对着清凉山下的沟壑默不作声
我不愿用说明文,不愿用记叙文
不愿白描,不愿写真
我只从旧书里找诗意
给草木丛生的河床选择小说的笔法
为延河写下一首诗
写下内心深处的景仰和怀念
像一个初长成人的男儿望着满脸沧桑的母亲

凯丰

一辈子与文字为伍
就像此前长时间与年轻人为伍
沦陷于理论与宣传中的凯丰不蓄长须
煤城走出去的人,有煤炭的热情
有与挖煤的汉子同一秉性的直率
将一生献给理想或许也可以说献给文章
书呆子。我站着说话不腰疼,回望凯丰
痛恨于一个名叫何克全的大人物为什么
最终缺席于一个国度的中心部位
缺席于一座建筑的屋脊
书呆子永远保持年轻,保持文字的激情
从那个名叫三角池的小村庄走出去之后
他对马列、共产这些词语无比熟稔
信手就可拈来
对马列共产信手拈来的凯丰依旧保持
老关镇一个农家子弟的本分
他说实话,在官职的游戏里起伏不定
到最后,回到抗日军政大学校歌,回到
黄河之滨一群中华民族优秀子孙中的一个
回到理论、报纸、青年……

那里有文字的温暖和青春的热情
那里，可以安放一个疲惫者49岁的心
到最后，梦里回到老关，三角池
老房子还在老地方，经霜的野菊花
开满门前的篱笆，这些藤蔓般的植物
一年又一年，看过一季枯一季荣
依旧保持本真，开出泥土的味道
……

蘸血为火

我不甘心
不甘心美好的世界尚未实现
不甘心沿街的看客尚未觉醒
再一次呼喊吧,为信仰
在这最后的时刻,叫醒一个是一个
是地狱里的恶魔复生吗
拔掉舌头,血流满地
不怕!即便五花大绑我还有脚!
蘸着血,蘸着自己的血
写下——革命成功万岁
这鲜红的大字现在成了火
点燃更多的愤怒与觉悟
点燃整座县城此后多年的抗争
革命者,先有了革自己性命的准备

乡亲刘仁堪带着中药味
带着中医世家素有的仁厚
在家门口干革命,将乡邻带上战场
更带上通往理想的长路!
仁厚的刘仁堪回家行医、教私塾

行医教私塾的刘仁堪组织农会
准备好一堆随时等待点燃的篝火
斗争吧,为着更美的生活
斗争吧,为着康庄的理想
既然选择作为斗士,就选择死
选择惨烈的一场就义
总要有一些人来为腐旧的世界掘坟
总会有一些掘坟的人被挣扎的土埋葬
从我开始!但不够
埋葬我之前,还要从喉咙里发出声响:
敌人如何罪恶,革命终将胜利
还不够!即使割去我的舌头
我还要蘸血为火,告诉世界
革命成功,万岁。

初心：守望或回归

——写给"最美奋斗者"甘祖昌、龚全珍夫妇

题记：一位将军，放弃理应享受的待遇回乡务农，带领乡亲们向贫困宣战。一位教师，毅然跟随将军丈夫扎根贫苦山区，投身教育事业。甘祖昌和龚全珍夫妇用实际行动诠释了共产党人的初心和使命！

这是总书记讲述的故事：
小学课本里解甲归田的楷模
艰苦奋斗中奉献一生的老阿姨

这是子女亲属讲述的故事：
上井冈，走长征，出生入死戎马半生
寻见光，遇见爱，追随美好内心辽阔

伤愈之后，军区后勤部长点一支烟维系沉默
回望赣西，有当年红军留下的弹坑和脚印
有我贫穷的家乡和为乡亲们谋求幸福的朴素之心
苦于病痛的开国将军打定主意回乡务农
誊抄完丈夫的第三封辞职申请
年华正美的军区教师欣然跟随转身

像一场战斗,激昂的叙事在山顶发生转折
硝烟与大漠改回江南田园的风格

回乡,回乡,回乡是灵魂的返程
更是艰苦奋斗改变贫困面貌的好梦
现在,你是将军,也是农民
是火,是春芽,是村民信任的领头人
是克勤克俭布衣粗糙的耕耘者
现在,你是母亲,也是老师
是爱,是跟随,是共同信仰的新指引
是回到爱人出生地的全新人生

装满勋章的盒子收藏好
挎包、水壶、旱烟杆、白罗布手巾重新拾起来
功成身退的老英雄甘祖昌修水库、建电站
架桥梁、开荒山、改造红壤田
60多岁还咬牙挑水泥、运材料
全部工资的七成捐给了村民

辗转战场、田野、课堂的脚步记清
将爱与奉献、梦与奋斗的初心坚守
紧随丈夫的妻子龚全珍教小学、帮邻里
打理家务、教育子女、关心每一个人
90多岁还成立爱心救助基金,捐助众多学生
做不了大事就做小事,活着就要为国家做事情,

太平常了，在满身泥浆的劳作者中找不出你
找不出一身彰显铁血英雄的装束
一条裤子打满补丁，女儿确知自己是农民的孩子
临走不忘嘱咐家人：领了工资先交党费，其余捐给村民

太平常了，在一大群老人中找不出你
找不出一个匹配将军夫人的小细节
朴素日子里也有热心助人者的欢喜和从容
有扎根山乡无怨无悔奉献一生的感动

但我在坚定不移的信念中看到你
艰苦奋斗的作风中看到你
服务人民的初心中看到你

看到你，看到你们，我便看到晨曦之下
有守望或回归，静默在乡村的山脊
一些草木繁茂成长，一些草木笔直挺立

金刚怒目

喜欢一切兰鲜切的读音
莲花的莲，怜爱的怜，连接的连
还有脸面的脸、廉洁的廉……
在最方正的准绳里活着
活得踏实，安稳，义愤填膺

与岔路上斜吹的风殊死相争
卷宗里锁着无数的荣光与悔恨，唏嘘的命运
见过一栋建筑所有狡猾的灰暗的潮湿的角落
依旧对干燥的洁白的纯净的墙壁保持敬意
爱着世间的多数人，爱着队伍里每一个同袍

也对其中一小部分金刚怒目！
用最深情的目光呵护这世界的形象
呵护着一架庞大机器的健康
正襟危坐的纪检监察工作者
在鲜红的旗帜下赢得最亲切的致敬

向前一步

向前一步
阳光多么温暖
鲜花的气息弥漫鼻息
向前一步
世界多么宽阔
更多的诱惑扑面而来
向前一步
香水的味道温柔而浓郁
传说中的那些故事似曾相识
向前一步
呼风或者唤雨无须顾忌
让手握权柄的日子充满光泽
不,不要停
再向前一步
推开最后一扇门
顺着这个方向
四向的墙壁冰冷
让日子从此在镣铐中叮当作响

比喻

譬如一条鱼之于蚯蚓
随着鱼钩出水进入坚硬的空气
划出充满疼痛的弧线

譬如一只鸟之于瘪谷
以及取食之后陷入鸟笼的结局
半掩的罗网等待已久

也譬如手持公章的手之于贪婪
内心的光明一点一点被蚕食
最终淹没于灭顶的黑

颂歌与致敬

铁塔孤独

高山上的铁塔比草木更孤独
他不交朋结友，也不恋爱生根
春夜的深处，草木都在拔节
只有铁塔巍然不动
像一个肩扛着线缆爬山的男人不喘息

风吹过山岗，吹过山谷和山脊
吹来无边的黑暗和寒冷
草木抱团，像三千年的石头发出微光
只有高大而孤独的铁塔不为所动
顺着左右拉扯着的双臂
往远处，更远处，有人高歌有人拥抱
光和暖点亮山坡的另一面
寻不见山上铁塔旁无边的黑暗和寒冷
铁塔孤独但他并不说出口

我认识不同的电力人

我认识的电力人有不同的面孔
像一个魔方的不同角度,都是立方体的一部分

除夕晚餐吃到一半接到抢修电话
放下碗筷回头对家人的一个歉疚面孔
欠费停电咨询电话里的咆哮震怒
震动耳膜声声指责里的一个无奈面孔
还有山坡上拉扯线缆背影中一个疲惫面孔
线塔线杆爬上趴下汗流浃背一个阳刚面孔
这些都是我认识的电力人
他们与营业厅里柔弱的女子
二十年前收费吵架彪悍的汉子
一起构成了我对汉语词汇"电力"的全部印象
构成一个写作者对庞大行业的个体感悟

颂歌与致敬

将光明和温暖装满屋子

故事里买一根蜡烛装满整屋子的人
如果是现在,可以有更多选择
将整屋子的光明和温暖装满
只要一件物品,一枚小小的灯泡
如神话里小小的葫芦或生活里一个梨形物
奔涌而至的电流比蜡烛更快,更简捷
让一间屋子的所有角落瞬间满载

顺着线缆将亮和暖装满屋子的这枚果实
也可以结在屋子之外,撕开一小片夜空
将黑暗磨得更瘦,更薄,更弱小
腊月里十二点的浓黑也淹不死它
这顽强的秘境总让人亲近,由内而外的暖

小时候在村里,我总相信从停电那一刻开始
电流就已经在赶往村子的路上
对,在镇子里横跨河流的那一段
电流已经在急促地沿着赤膊电线往村子里赶
有时候它跑得快一些,有时候更慢一点
让惯于停电的庄稼人养成良好耐心

像等候一棵蔬菜缓慢长大结果
而在城市的深处,一个初来者坚定相信:
每一盏灯下都有自己的故事
每一盏灯都深入光芒的内核

向黑暗深处递送安宁

时间是冬天,十一月的尾巴
无边的黑暗在未曾开发的溶洞里
保持亘古的黑
只有供电人的脚步所至
才有生命熟悉的温暖和安心

此刻的石钟乳更像獠牙,面目狰狞
此刻的荷尧溶洞巨兽般活了过来
吞噬,吞噬一群困境中的呼吸
最大的敌人是黑暗,是寒冷
是光亮缺失的焦灼
最重要的使命是守护,是救助
是供电人的担当
向黑暗中呼唤的生命递送光明的安宁
以血肉之躯在刺骨的流水中
进行一场闪电般的淬火

真正的硝烟从来都是如此,由内心
悄然升起
真正厚重的史诗

从来都是像这样,像供电所里
每一个在溶洞中努力折叠着身体前行的人们——
每个折叠着的身体
皆犹如一个跃动的音符

每一句呼喊,都有绵延般的回声
像是在对缄默不语的岩石发出铿锵的敲击叩问

阳光隔绝之处,积水是生命最大的敌人
而以电为食的抽水机是我们的同盟军
线路过载烧毁的抽水泵累了,水位迅即涨满
水淹的最后时刻潜水而出的是邓文才
再一次入洞营救的人员累了,时间不够消耗
疲惫万分中主动要求进洞的是邓文才
这个坚强的汉子,七次向黑暗宣战
七次冒死而行!

在发现插座已然损坏后
老电路被烧毁后,插座深藏水底后……
有人毅然决然
甘愿带电作业,甘愿
以自己的身体为导丝,开通生命之灯!
孤身潜行在溶洞之中,他用心跳温热这无尽的黑暗
此刻啊,再多出一双坚忍不拔的双腿,多好
能够从黑暗迷离中取出道路

要是再长出一个喉咙,多好
一个嗓子喑哑了
有另一条声带发出生命的共振

两公里的黑暗世界,有主动请缨的人
有反复前行的人,有坚持不懈的人
有怀揣着光明火种的人!
这是供电人,这是火树银花璀璨的群体
铺设地下的生命线,铺设照明的安宁
铺设抽水救援的动力源泉

当电流的光明在抢险的最前沿带来安宁
久困于黑的花朵重新绽放
灯火的光晕佛光般环绕
有风,带着生者的气息从洞口中轻柔吹拂
温柔地抹平我们的倦容啊
看不见的使命感在摇曳着一团团热火
它忽闪,它坚韧,它,不灭!

向每一滴汗水和细节致敬

1. 微笑的声音最温暖

你用电,我用心
这是一个电力人的承诺
这是千万个电力人的执着

我们知道,用心的服务最温暖
微笑的声音拉近彼此的距离
微笑的声音阳光般柔软顾客的内心
还有更多的电力员工正书写电网改革的赞歌
优质服务的电话响起就是限时的命令
抢修时长和投诉率的降幅就是服务的标杆

用诚信擦亮电力的招牌
用微笑——用微笑牵连着电线两端心与心的碰撞
电线的另一头,是打造卓越电力的汗水
是节日的火树银花,是万家灯火的日常冷暖

2. 深深的怀抱

你汗流浃背的样子

颂歌与致敬

是黄河之水在身体的渠道中，汹涌
我仿佛能听见热血奋力拍打着你坚实的臂膀

在炎炎夏日，只有你，离太阳最近
厚重的土地呼唤构建区域枢纽电网
你沉默着，只是匆匆擦拭额头
向远方凝视，凝视电网建设改造升级的目标
像逼近太阳的一束火焰，在高处
时刻准备着照亮一部分人
温暖一部分人，同时又时刻准备着
悄声离去——

没有人比你更理解凌晨三点的天空
你总是在星辉明灭处消融于茫茫夜色
清风吹拂着你的疲惫
你安静地，守护着周围的美梦
只有你独自穿行于夜空，无人陪伴
陪伴你的，是厚重的绝缘披肩
是深山深处的线塔，是快速延展的无尽电网……

3. 薪火相传

如果你看见了大浪滔天
如果你在岁月里挣扎于贫困
如果你在无边黑暗中等待光亮
定然会遇见我们千钧一发之际擦亮的花火

惊喜于电力的力量

肆虐的洪水吞噬一切：
房屋，失散的哭声，嬉闹的草坪
大水吃掉白天后夜幕降临
但大水，无法吞下我们的热望
我们以匍匐的姿势诠释生命如铁
三千米的电缆
近在咫尺的呼吸！

此刻，所有的电流都如心脉
此刻，钢铁般的意志和柔情
连同整个电网，挽起贫困者的臂膀
浸润每一个落难者紧密相连的内心
生命抢险的线缆、扶贫济困的责任
是我们永不吝啬的汗水汩汩流淌
十万根电线杆像柴薪般坚强地树立在大地
树立在国家电网社会责任的深处
树立起电力人的薪火相传！
照亮一条生命的希望大道！

画卷

新农村,展开美丽的画卷
这句话
是我以农民的身份最大的期盼

已经很多年了
我们,仰望着远处的美丽
仰望着城市的道路和快捷
仰望着城市的社保和高楼
那是梦想中的美丽画卷
而梦想之外的现实
我们,俯视着身边的简陋
俯视着脚下黄土的粗砺和冰凉
俯视着一日三餐的艰辛和暗淡
这是两千年来宿命的悲伤

二〇〇五年的春天风生水起
多年的期待如同山花一般绽放
一个响亮的口号响彻大地:
社会主义新农村建设
梦想与现实一同展开美丽的画卷

道路，从城市延伸
一直生长到左邻右舍的大门之前
电波，从城市延伸
驻扎到农家的电视电话和电脑中
这是我农村的兄弟描绘的美丽
水绿如蓝，山青如黛
新农村如同神仙居住的地方
这是我写诗的兄弟看到的美丽
生产发展、生活宽裕、乡风文明、
村容整洁、管理民主
这是我们计划中将要到来的美丽。

是的，将要到来的美丽！
扛着锄头的肩板
扛起了建设新生活的重担
指引着胜利的旗帜
指向了幸福的方向
听吧，我们今天就在歌唱：
新农村，美丽的画卷
新农村，千年的期盼不是梦想
因此，让我们高声呼喊，今天——
这里的山是美丽的
这里的水是美丽的
这里未来的繁荣和谐和美丽
是我们即将看到的！

阳光下我们歌唱

将钟表翻转,逆时针
时间指向 1921
13 位青年心存梦想
先是上海法租界,然后在南湖小游船
一些阳光被从这里带到人间
照亮雾霭沉沉中扑朔迷离的方向
一些卑微的草从尘埃中抬起头
从被践踏的凌乱中挺起胸
开始顽强而幸福地活
顽强而幸福地朝向阳光
雨露和春风
现在,我终于要以恭谨和感恩的态度发音
说出那个名词:
中国共产党
播撒阳光
撒播让土地开花的光明和温暖
在过去,一些没有名字的面容
譬如野草,譬如麦子,譬如人
呐喊与呻吟,让回忆的字迹模糊
提心吊胆的生活已经过去

从今天开始
三座大山移开,时光豁然开朗
结束颠沛流离
结束饥寒交迫
结束外夷虎视眈眈
结束佃农长工以及其他类似的名词
我们心情满足而舒畅
在自己的土地里
下田耕作,生儿育女
在安静的夜色里安稳入睡
在忙碌的时光中安心劳作
我们上班,下班
自己养活自己,心满意足
我们沉醉在阳光的温暖之中
缓慢而安详地活着
这种生活状态
曾经在诗经和其他理想主义者的诗句里显现
我们现在什么都不说
只是缓慢而安详地生活

三千年交皇粮的历史已经结束
医保、社保、养老保险
我想一字一句地说出这些名词
说出那些布满全身的暖
对,我还想说另外一个词语

翻身,或者改变
那些不愿启齿的耻辱与贫困
以及后来平等的尊严与富足
对比鲜明
如同黑暗的寒冷与阳光的温暖一样鲜明
在一行诗歌里,我们换一种表达:
一粒种子在阳光中如期抵达
如同我们阳光下幸福的歌唱
这是一片长满荆棘和苦菜的土地啊
如今麦子和瓜果飘香
盛开花朵般美丽的希望
自始至终,我们心存景仰
我们感恩阳光
我们相亲相爱,自足歌唱
歌声里
一切的公平与正义在上
一切的安宁与美丽在上
一切的艰辛与奋斗在上
生命在上,阳光在上!

现在,让我们掬一捧清水
洁净双手,翻开一页纸
翻开那一个个曾经抛洒鲜血的鲜活名字
是他们,盗火者,共产党员
劈开了这个清明的天

让阳光洒满大地
让鲜花开满四野
让阳光的延续不曾停歇
让世界终于不再黑暗
就像现在,一个普通的农民, 或者工人
或者其他任何身份的公民
从进村入户的干部手中接过阳光
从群众贴心人那里感受阳光
从镰刀斧头的灿烂中汲取阳光
从生活富足的满足中触摸阳光
从后顾无忧的展望中看到阳光
就像我下一句诗将要表述的:
阳光之下,温暖遍布枝头
绿色蓬勃生长
千年陈冰刻写的"民不聊生"
只一瞬间,便融化不见
甚至那些见证过战火与贫瘠的飞鸟
也重新站在了鲜花环绕的枝头
那些曾经长满荆棘和苦菜的土地
鲜花盛开,瓜果飘香
连最卑微也是最高贵的麦子
在一阵微风过后,
也开始泛出金色的光芒,开始感恩的歌唱

窑洞前的印证

轻风吹过延河,吹过枣园列阵的窑洞
抚摸历史的人,也在抚摸红色的温度
在杨家岭,人们为亘古的真理写下注脚
曙光在望的艰苦岁月里一心谋着百姓的幸福

找到新路的润之先生掷地有声:
"我们已经找到新路,我们能跳出这周期率"
民主在生机勃发的陕北闪耀火花
监督让全新的人民政府活力迸发

这七月里的对话成就厚重的"窑洞对"
也为一面旗帜从延安到北平标注了簇新的方向
载舟的水托举航船如同托举自己
划船的人渡自己更在渡人民

从上海到井冈山,走过万水千山到延安
中间隔着风沙,隔着旌旗猎猎
浩浩汤汤的延河懂得聚拢每一条沟壑之流
再往前走,就是天安门城楼前人民的海洋

第四辑　时代旋律

如今新时代的征程风雷浩荡
"窑洞对"的考卷上书写了第二个答案
自我革命是新起点也是初心不改的鲜明品格
像一棵参天之树顶天立地却记得时刻将枯枝收束

周期率，周期率，火热的实践印证民主的力量
火热的实践印证自我革命一脉相承的力量
这窑洞前的印证，是理论与现实的握手
是共产党人初心的追求与坚守！

霹雳一声暴动

秋收过后,种田的汉子将粮食颗粒归仓
秋收过后,挖矿的汉子将脑袋别在腰上
他们,要去干大事!
9月的萍乡已积攒足够多的勇气和愤怒
种粮的人现在改为吃军粮
开机器的人也学会了开枪
依旧着家常布衣,有了工农革命军的旗帜
眼界和目标便完全不一样
做工的人,要在工头的压迫下爆发
种田的人,要在地主的压迫下同仇

现在是1927年的秋天,季节还未走到最深处
红色的旗帜第一次飘扬在赣西之前
我们先安排好一株植物的开花,结籽,满山野跑
安排好一段壮阔历史的最先开篇
地点在安源,张家湾,军事会议的灯盏亮了一整晚
没有赶上南昌起义的警卫团这次补上,做第一团
安源工人的武装,萍乡农民的武装,这是第二团
还有更多的人,周边的工农武装,这是第三团

9月9日，赣西山野的雏菊开得正浓烈
22岁的卢德铭正青春，带着5000人的队伍向长沙行进
一路上倒下的壮烈身影让人心疼：
一个，两个，一百，两百，一千，两千……
再往前，打着军旗的队伍渐渐稀疏
多少人爱上赣西，就此安眠
再往前，是雨水与泪水的混杂
再往前就是不足千人的队伍了
就是著名的"三湾改编"
是井冈山的烽火和明灯……
你站在一支队伍的起始处，一场暴动的策源地
叙述完长长的一段话，叙述完1927年壮烈的秋天
又找沿途的草木询问，找红军借住的老房子询问
更重要的是，你要找到传说中的城隍
翻开一本秋天里密集的新魂名册
将4000个不屈的名字逐一点到

山口岩：一匹白马见证硝烟

22 岁的卢德铭养着一匹通灵的大白马
它不说话，点头、摇头，勇猛直前，趑趄不前
乡村里的老人都相信人有后悔，而马有前知

19 岁的卢德铭持大人物的介绍信进入黄埔军校
出来后当连长，当营长，有了一匹大白马
骑白马的卢德铭做着参谋长的工作，也持枪
上战场冲锋勇敢
骑白马的卢德铭进了警卫团，现在他是团长
这是 1927 年，南昌起义打响了第一枪
骑白马的卢德铭赶不及追到南昌
骑白马的卢德铭回头往修水和萍乡
在秋收起义的部队里成了总指挥
战火纷飞中白马和骑士是交心的老伙计

一路上卢德铭攻下朱溪厂，越过修水和平江
白马也攻下朱溪厂，越过修水和平江
赶往长沙的路上白马有些不听话
退回萍乡的路上白马还是不听话
直到越过山口岩，前方是遥远的井冈山

一匹白马在腹背夹击里冲在最前方
往前走，往前走，往前就是巍峨的井冈山

骑马的人比步行的人更沉重
越过了山口岩的卢德铭从前队又折返
通灵的白马不说话，四蹄攒紧往后退
骑白马的卢德铭不再疼惜这个老伙伴
强催着白马折回高地去阻击
白马眼里含着泪，飞快地跑，飞快地跑
这一辈子从没跑过这么快
但四条腿总也跑不过一串子弹那么快
骑白马的卢德铭手捂右胸倒下在山口岩
通灵的白马不说话，绕着 22 岁的老伙伴转着圈
在子弹纷飞的山口岩不逃避也不躲闪

骑白马的卢德铭倒在掩护部队的高地上
子弹纷飞里跪在山口岩的白马喊不醒他
子弹纷飞里绕着圈跑动的白马驮不起他
多年之后白马一直痛恨自己
为什么不跑得更快一点，跑到井冈山
跑过老伙伴的 22 岁，跑得更远！

从这里上井冈

攻下莲花城，雨夜里的队伍有些迷惘
往哪里去，当 5000 个战友只剩 700 人
这是 1927 年的 9 月，25 日的灯盏彻夜不眠
免于战死的人，没有脱逃的汉子
朝着东西南北的对手张望，思量

最后，湖南人毛润之掐灭了纸烟：
往井冈山去！到农村与深山里重新扎根
莲花的宾兴馆，一所老房子
见证了这个决策的细节以及最后成型
见证了朱亦岳、刘仁堪的介绍，宋任穷的来信
见证了屋子里被劣质纸烟呛得半眯着眼
反复争执的 5 个男人

原来顶天立地的男人也会迷茫
没有一只老虎生来就啸傲山林
闹革命的几个头领在恨
恨命运的不公时机的不准对手的残忍
恨过之后，看着 700 双明亮的眼睛
700 双疲惫的裤腿

又回头反复争执，一定要找到生路
找准对得起一路走来倒下的兄弟们的好路
反复争执，反复权衡，反复，想最坏的结果
先行者去宁冈，找山大王借凳子，借条路
借中国的一个未来
还在宾兴馆揪住自己头发的人
终于下定决心，到农村去，到山里去
走，就在这莲花县城，下定决心：
去井冈山，找一小片地方，给红色的队伍安家
给中国革命许一个武装割据的现状
许中华民族一个全新的希望

颂歌与致敬

从井冈山到延安

最开始在上海,最开始在安源
最开始在八月一日,最开始在九月九日
然后我们在井冈山的竹海间出没
两万里的山河用脚步丈量之后
到陕北吧,安定是个好地名
再之后的保安也很好
在之后找到肤施扎根
延河的水养活小米南瓜和土豆
延河的水也养活井冈山跋涉而来的脚步

土里凿出窑洞
土里也凿出一个国家的另一种可能
从井冈山到延安
走过万水千山
走过寒暑交替的时光
不要停,落脚点踩实之后就是出发点
多年前,学武的师傅一直如此教导我
教导我有了一个安稳的借力点
就可以再次发力,挥出凌厉的一拳
然后长驱直入,过长江
到天安门的城楼上举起一个民族的未来

追梦新时代

同路而行的人是幸福的
我们有着同样的梦想和温暖
脚下的路先是沼泽,再是山路,再是大道
如今高铁代替驿马,新征程浩荡而迅捷
这些不同的事物,却发出同一个呼唤

这种呼唤是新梦想更是新号角
我们看见一棵顶天立地的大树开花,结果
如今七十年过去,七十个年轮也是心心相印
如今这万众一心的岁月,是全新的美好时代
新时代,长江与泰山在应和,萍水与武功在应和

追梦,在美好的时代
这美好的时代蛟龙与天眼呼应
向海深处、天高处进发
伟大的征程,抬望眼就是疆域万里

这古老的民族千锤百炼历久弥坚
说到文化,随手翻开就是五千年
到处浸染诗经、宋词诗意的风骨

颂歌与致敬

水墨的中国在山水田园里辗转
腾飞的中国在科技创新中打牢基础
富饶的中国在大国工匠的手中制造

追梦,在美好的新时代
这绵延的精魂等待新的传承
一带一路上驼铃依旧在风中绰约
五月里传统的村庄焕发春的荣光

这厚重的梦想十四亿人共同承载
在辉煌的古城里再次出发
寻觅一个民族伟大的复兴

这美好的时代属于整个中华
这美好的时代属于奋斗者
属于每一个勇敢追梦的人!